Beatriz e o poeta

Cristovão Tezza

Beatriz e o poeta

todavia

Vou sair, ela decidiu. Aproximou a máscara do rosto, que lhe pareceu de relance, no reflexo do monitor, colorida demais, como se não pertencesse a ela. Sorriu da ideia repressiva e fugiu de todas as ramificações que vieram em fragmentos à cabeça, entre eles a idade, estacionada num limbo. Que idade eu tenho? Estamos todos parados no tempo imóvel, disse-lhe Batista numa surpreendente tirada poética na última vez em que se viram, a dois metros de distância, as cabeças para trás, o fantasma mortal do vírus pairando entre eles — veja o investimento *físico* que fizemos aqui, e ele frisou a palavra, *físico*, apontando com irritação as paredes novas e as salas de aula recém-pintadas e os quadros e as telas de projeção e as cadeiras e luminárias, para comprovar que não poderia continuar pagando por muito tempo aquela conta, esse investimento foi um erro de cálculo, mas quem poderia adivinhar? Para aulas online, a gente não precisava disso tudo. Se eu tivesse uma bola de cristal, estaria rico só por me preparar para esta loucura. Beatriz sacudiu a cabeça, como se pedaços da memória pudessem ser espanados como pó, e achou graça da ideia, o que lhe renovou o surto de ânimo — preciso sair de casa. Abriu a sacolinha de papel e tirou outra máscara, esta preta. Todas têm três camadas, são superseguras, disse-lhe a moça à porta, indicação do zelador de vassoura na mão, a senhora não quer comprar máscaras artesanais? É a minha sobrinha que — e no dia seguinte ali estava a menina, de máscara colorida no rosto, o que combinou com a tatuagem em verde, preto e vermelho que lhe cobria do braço ao antebraço, ramos e folhas e frutos entrelaçados, uma serpente do bem virando-se na pandemia. Estendeu a mão de longe, conforme o protocolo, os olhinhos vivos sugerindo um sorriso invisível, o que a gentileza da voz reforçava. São setenta reais, dez máscaras com motivos e cores diferentes, e Beatriz se animou — garota de vestido novo, imaginou-se dizendo a alguém que eram máscaras com grife, e levantou-se do computador para conferir no espelho do banheiro. Meu Deus, como eu estou branca, o que a máscara negra parecia ressaltar brutalmente por contraste, mas é incrível como as pessoas gostam de máscaras negras, parece que mais do que das coloridas, e ela imaginou uma pesquisa sobre as ocorrências de máscaras brancas, pretas e coloridas na rua e no supermercado, nada como dados concretos para tirar conclusões seguras, e lamentou, aproximando mais a cabeça do espelho, que a máscara ocultasse justo o que ela imaginava que tinha de mais bonito, o formato do nariz e os lábios e a curva do queixo, discretamente afilado, *queixinho de gente decidida*, o elogio que ouvia ainda criança, e ela tirou a máscara para se ver de perfil, atrás de pequenos fios de rugas, por certo ainda invisíveis a um metro de distância, ela comprovou afastando e aproximando a cabeça; e virou o rosto para o outro lado para conferir como andava a sua pinta, que continuava do mesmo tamanho, à margem da maçã do rosto, *cuide disso*, alguém lhe disse quase num tom de ameaça, e Beatriz de vez em quando passa suavemente o dedo para sentir na pele o volume de uma sombra, que é charmosa — antigamente as mulheres faziam pintas com o lápis, disse-lhe Clarice, só para dar um toque de Marilyn Monroe. Era moda. Eu jamais faria isso, respondeu Beatriz. É uma falsificação, pensou em acrescentar. Se é para ter uma mancha, que seja verdadeira, e a amiga responderia, mas você não passa creme no rosto todas as noites? É a mesma coisa, a falsificação do corpo, não é *orgânico*, e Beatriz diria, é diferente. Você tem complexo de superioridade moral, a amiga uma vez deixou escapar em tom de brincadeira; é pura defesa contra a fragilidade que bate aqui, e Clarice tocou seu peito com o dedo. Colocou de novo a máscara negra para silenciar o diálogo imaginário com quem não se encontrava há mais de dois ou três anos, a gente vai perdendo o contato, elas se disseram da última vez num encontro casual de calçada, uma observação mutuamente neutra, é como se ela me conhecesse demais e isso, de algum modo, me pusesse em risco, por isso acho que me afastei, quando senti que a amiga, de fato, gostava de mim além da amizade, sabe como? Sexo. Luciano Chaves, o editor-namorado (o que dá o pão não deve dar a carne, alguém uma vez lhe disse, bíblico, o conselho que ela jamais seguiu, pão e carne sempre andam juntos em toda parte, o trabalho é uma cama) que arrastou Beatriz de Curitiba para São Paulo, *o seu lugar é aqui*, e por alguns poucos meses ela imaginou feliz a própria redenção — Luciano Chaves (o Chaves profissional do início, sua primeira encomenda de tradução, o início de uma nova vida, o primeiro grande upgrade existencial, chega de dar aula particular de gramática e redação de vestibular, e ela viveu picos de soberba) —, o sóbrio Chaves virou rapidamente o querido Luciano, talvez o maior prazer sexual da sua vida, meu Deus, que redenção, *mas a vida não é só sexo*, ela se dizia defendendo-se de si mesma, e agora ele se tornou de novo apenas o impessoal sr. Luciano Chaves, um grande filho da puta que frequentava ao mesmo tempo uma duas três quatro quantas mulheres?, São Paulo é uma cidade imensa em que os espaços são puramente mentais, um mapa de referências abstratas sem vizinhanças reais e concretas, e não aquela cidade antiga que tem uma coisa física ao lado de outra coisa física, como sempre foi o Rio de Janeiro, de que a gente se lembra como de uma grande maquete respirante sobre um tabuleiro ao lado do mar, no aconchego de um cercadinho de morros e de pessoas próximas — um narciso que, do alto de sua pequena editora, não controla o pau, como definiu alguém em quem ela se refugiou em seguida, por alguns dias breves, perdida, *relacionamentos líquidos*, eu sou *líquida*. Luciano Chaves perguntou apenas se a amiga era *sapata*, o que chocou Beatriz, a vulgaridade machista, do que ele se defendeu, sem entender: puta que pariu, é só uma palavra. Você é tradutora, sabe o que é uma nuance de humor numa circunstância íntima, nós dois conversando. Ou você está gravando isso para botar no facebook e me foder para o resto da vida? (Isso ofendeu duramente, e cada vez que lembra a respiração se altera — espane a cabeça, Beatriz, tire o pó da memória.) Que besteira, Beatriz, o camaleão suavizou, não dá pra viver o tempo todo à flor da pele — e aquele instante estúpido e irritado deu a partida para desandar a relação. Quanta psicanálise caseira poderia ser levantada no breve rompante de uma palavra. *Sapata*. Lembrou-se do olhar da velha amiga, olhos nos olhos por um instante de silêncio não tão breve, e se perturbou com o que viu ali, algo com peso e que parecia lhe atingir na pele, um inesperado arrepio invasivo que a devassou inteira, e pressentiu que, companheiras de muitos anos, iriam se afastar para nunca mais dali em diante. O amor é um estraga-prazeres, Chaves gostava de dizer, e ela nunca soube se era puro humor, ironia ou uma constatação objetiva. Não ultrapasse a linha, não cometa a estupidez da paixão. De qualquer forma, nisso talvez ele tenha razão; hoje eu só quero uma vida neutra e estável.

Lavou as mãos mais uma vez, sob uma pequena ansiedade por não ter feito isso logo após pegar a sacola com as máscaras, e se olhou de novo no espelho, sim a máscara preta é mais classuda, até fiquei bonita assim, e eu gostei desta curva sobre o nariz, a concavidade dúctil se acertando com as formas do rosto como uma armadura medieval estilizada: mas estou um tantinho com cara de desenho animado, e, é claro, ela não viu o próprio sorriso — só percebeu os olhos que se contraíram num leque de ruguinhas que se abriu e se fechou. É engraçado como as orelhas viraram cabides, dois objetos perfeitamente simétricos, tudo calculado para a firmeza elegante do elástico, e ao mesmo tempo combinando em altura e distância com o triângulo da face num lance imprevisto, mas quem sabe perfeito, da teoria da evolução — não, antes vieram os óculos, com o engenho complementar do apoio no nariz, um conjunto tão funcional que há séculos não se percebe mais com estranheza. Ouvir e cheirar já não têm tanta importância, mas apoiar óculos e máscaras sim — só que nesta minha primeira saída de casa em dois meses e meio, que loucura, não vou levar os óculos, que são uma chatice, embaçam com a máscara, e afinal eu não preciso mais deles, o que é outro sinal da idade, a miopia diminui com os anos, o médico disse. Você dirige? Não, faz tempo que não. Nem tenho mais carro. Eu já estava perigosamente gostando de me fechar aqui para todo o sempre, e ela foi do banheiro até o escritório com passos decididos, andar um pouco, preciso andar. Conferiu a próxima aula online, só às quatro da tarde, um dia quase inteiro livre (depois eu lavo a louça da manhã) e consultou as horas: nove horas redondas. Olhou pela janela: um dia bonito, céu azul com poucas nuvens, uma temperatura — ela abriu a janela e pôs a cabeça para fora, olhando para baixo, a cidade tranquila diante dela, pouca gente nas calçadas, poucos carros nas ruas, a pandemia tem um lado bucólico, a paz em suspensão — uma temperatura agradável, quase um friozinho, e tirou a máscara para sentir melhor o ar e o vento suave, e sentiu um novo surto de animação, quase correndo ao quarto — abriu a porta do guarda-roupa para se ver inteira ao espelho e gostou do que viu, de frente, de lado (meu Deus, estou engordando, comendo demais, tem umas gordurinhas a mais aqui, e sentiu a breve curva na palma da mão, preciso me cuidar), sim, sim, ficou bem esse vestido, um toque leve, e essa cor criou um contraste interessante com a máscara, que ela recolocou, cuidadosa, agora cobrindo bem o queixo, é importante não deixar frestas, um vírus insidioso. Olhou para os pés e também gostou, *você tem pés pequenos*, ela sempre gostou de ouvir essa frase, mãos massageando os dedos com suavidade, uma lembrança que vinha sempre com a frase seguinte, *cuide bem deles, gata borralheira*. Não, para gata borralheira, a moça das cinzas da lareira, a bela Cinderela, eu não sirvo, tenho o andar feio e pesado; perdi as aulas de elegância na passarela, até rimou — não pareço uma camponesa? Não, não parece: você é uma curitibana branquinha e privilegiada, uma eurocêntrica refratária às diferenças ainda que mantenha um bom autocontrole porque culturalmente faz parte da classe A *plus*; e acho que do ponto de vista econômico também, sei lá quanto você herdou na conta bancária da aventura metafísica do acaso — uma triste mas providencial batida mortal de automóvel — de ficar inteira só, a mítica Mulher Sem Família, mas agora desprovida da gosma da mitologia, nada de fêmeas wagnerianas em suicídio pela causa transcendente, que conquista maravilhosa, a humanidade espera por essa liberdade definitiva há um milhão de anos — nem os homens conseguem, pobres coitados, o que você conquistou num estalo da providência, e ele estalou os dedos — *plim!* — e sorriu. Estou certo? Mas que filho da puta!... — ela disse, empurrando Chaves na cama, ainda incerta do peso do que estava ouvindo. Isso não é brincadeira. Eu nem me irrito mais quando me lembro, ela poderia dizer, se alguém perguntasse. Que Donetti e Chaves, o escritor e o editor, juntos e amarradinhos, descansem em paz. Como uma espécie de vingança, lembrou que devia a Chaves o primeiro impulso de seu voo paulistano, a libertação definitiva do fantasma de Donetti e a simples percepção dos caminhos da metrópole, que se abriam para ela. *Se você me chamar de Luciana de Rubempré, eu mato você*, ela ameaçou, arrependida em seguida por revelar seu complexo de província, mas daquela vez ele só se divertiu, com elegância: *O Luciano de Rubempré sou eu mesmo, que palmilhei de Minas até aqui para fazer a máquina da minha vida.* Não ilusões perdidas, mas conquistadas, ela pensou, vendo a si mesma: *o que faz o bom tradutor é principalmente o seu domínio da língua de chegada, e você é brilhante*, alguém lhe disse no seminário de tradução de que participou, acrescentando: *Você até conseguiu deixar o Xaveste interessante, essa figurinha asquerosa da nova direita. Em espanhol (ou ele escreve em catalão? você também traduz catalão?), com aqueles voos requentados de Ortega y Gasset, deve ser ilegível.* Por um momento eu pensei que teria de novo uma vida regular, como todo mundo, enfim — um casamento formal, algo assim, como durante um curto espaço cheguei a ter, ou sonhar, há muitos anos. Viver em São Paulo, como gente grande. Quem sabe a adoção de uma criança, já que não posso ter filhos? Mas Chaves deixou muito claro, desde o primeiro instante: filhos, melhor não tê-los. Esse ponto é inegociável. Na verdade ele tinha um, que ficou para trás, perdido na infância de uma trepada avulsa (palavras dele: ele sempre quis ser poeta, mas contaminava o lirismo de coliformes assim que o sublime, um dedinho que fosse, apontasse na alma. O que dá o pão não dá a poesia, eu quase disse a ele, relembrando involuntariamente Donetti, que gostava de resmungar, *não há nada mais perigoso do que um editor com veleidades literárias. Afaste-se deles como o diabo da cruz.* Meu Deus. Eu estou ressentida. A gosma do país chegou até mim. Xô baixo-astral!). Beatriz parou diante da escrivaninha do escritório e fechou os olhos, respirando fundo — um pequeno exercício de relaxamento, que os frutos da memória não me estraguem o dia, e massageou levemente o ponto entre as sobrancelhas, sentindo os nervinhos doloridos na curva do osso, viu como você está tensa? a colega lhe dizia, ensinando o truque, dá até pra ver a tensão na dobrinha do músculo, relaxe a testa. Sabe que funciona mesmo?, ela concordou. Abriu o notebook para conferir a bateria, 92%, a página aberta na tradução em andamento, *A fantasia identitária*, de Filip Xaveste, o catalão improvável: sempre há uma ovelha negra na tribo, um iluminista no gueto, um globalista na família, e Chaves riu alto, até pelas vendas — ele já tem um fã-clube sólido no Brasil, a direita liberal cresce. Consultou mais uma vez o endereço próximo no e-mail publicitário, Café & Livros, um espaço aberto e ventilado com todos os protocolos de segurança, limite de lotação e mesinhas afastadas, wi-fi livre, um cardápio completo de refeições ligeiras, sanduíches e quitutes, aberto das nove às dezoito. No logotipo, uma estantezinha estilizada com lombadas de livros ao lado de uma xicrinha fumegante de café. Simpático. Beatriz procurou e achou a bolsa de juta que recebeu de brinde com antecedência para o Fronteiras da Razão, o evento que acabou cancelado, ou adiado até segunda ordem, pela pandemia — ela é perfeita para o notebook, encaixa certinho, e até o comprimento da alça é exato para o ombro, e Beatriz voltou ao espelho para conferir o efeito final: sim, estou bem. Antes de abrir a porta, lavou de novo as mãos e, com cuidado, ajeitou mais uma vez a máscara no rosto.

Beatriz ficou na dúvida se descia pela escada ou esperava o elevador, mas quando pensou ouvir vozes no elevador que se aproximava barulhento, decidiu pela escada — é sempre um bom exercício, consolou-se, para não pensar na contaminação possível, pessoas respirando o mesmo ar dentro de uma caixa, nunca dê chance ao acaso. *Veja o que aconteceu ao Brasil*, disse-lhe alguém, falando do governo. Nos nove andares circulares, *para descer, todo santo ajuda*, ela lembrou da frase do pai, a memória longínqua, ele sentado na poltrona de pernas de palito, *isso é uma raridade*, ele dizia, para justificar as trocas regulares de estofamento da velha peça detestada pela mãe, *eu vou jogar essa coisa no lixo* — o jornal aberto na página de política, o resmungo, *esses filhos da puta*, fragmentos secos de frases que pairavam já sem uma voz concreta, sem um timbre, como era mesmo a voz do meu pai? Não sobrou nada além de meia dúzia de fotografias velhas tiradas de má vontade, nenhuma gravação, nenhum clipezinho de celular (que ele odiava, e nunca teve, *coisa ridícula esse povo falando sozinho na rua*, ele dizia quando a moda começou), nem uma imagem viva que fosse, *esta banalidade contemporânea, o desespero infantil de paralisar o tempo, a fixação do desejo, o sonho da eternização do prazer*, disse-lhe Xaveste quando conversaram pela primeira vez no Zoom, e ela achou a figura arrogante, mesmo desagradável, no impacto da primeira vista, um homem inseguro, essa a impressão, o sorriso indeciso entre a gentileza e a ironia, precisando sempre provar alguma coisa, marcar território, como se diz dos animais, *como todos os homens*, disse-lhe alguém — são todos crianças mal-amadas. *Nós também*, ela pensou em rebater, como uma brincadeira, mas ficou calada. Nós somos eternamente as presas do olhar masculino: não há escape, minha amiga, dizia Clarice. E eu até perguntei: mas isso não é bom? Era também para ser só uma brincadeira, até me lembrar do assédio de que ela havia sido vítima, registrado em boletim de ocorrência, o que por um bom tempo tornou sua vida um pequeno inferno privado. Na passagem do quinto andar quase esbarrou com um atleta subindo de dois em dois degraus, *eis um penitente moderno em direção ao céu*, a frase lhe veio de algum lugar, algo parecido no livro do Xaveste — a máscara cirúrgica no rosto, dura e pontuda, esse toque sinistro do branco hospitalar, e pelo franzir dos olhos e das linhas da testa suada grudada de tufos de cabelo, imaginou que o atleta sorria para Beatriz, e a simples ideia de um riso secreto atrás da máscara levou-a também a retribuir o sorriso enquanto balançava a cabeça, terá ele percebido que fui simpática só pela aura? Em breve vão surgir códigos de etiqueta para encontros de mascarados desconhecidos, sinalizações sutis de olhos e testas, quem sabe gestos complementares de mãos ao modo do toque de cotovelos, de uso exclusivo na pandemia, e Xaveste deu uma risada solta no outro lado do mundo, *a ideia é muito boa — uma involuntária adaptação ocidental ao mundo das burcas e nicabes*. No térreo, acenou ao porteiro e avançou para a rua alimentando um sentimento difuso, mas bom, de libertação — *a rua, enfim*. A vida inteira fez isso sem pensar, sair para a rua, cuidar da vida, e agora isso se tornava o movimento tático de alguma batalha. No mapa mental, decidiu subir pela Carlos de Carvalho, que Beatriz calculou mais vazia do que a Vicente Machado, de modo a cruzar com o menor número possível de pessoas nas calçadas, imaginando nuvens de vírus pairando em torno ao sabor de brisas leves, gestos bruscos de braços, o simples avanço do corpo empurrando massas de ar, dividindo-as como se fôssemos lâminas cegas, um processo ilustrado com nitidez na simples fumaça dos fumantes que pelo cheiro revela a presença física do ar — e se chega até mim o aroma do tabaco, por que não chegaria uma carga viral de coronavírus? Não ria: é o poder de contaminação, a sua multiplicação infernal, é isso que torna esse vírus letal pelo volume de infectados, em grupos de milhares e milhões. Cuide-se, diria minha mãe, se estivesse viva, e Beatriz atravessou a rua num impulso defensivo — um grupo de três pessoas sem máscara conversava adiante —, sentindo um surto agudo de desamparo, o que não sentia de fato fazia anos, tão autossuficiente e orgulhosa na minha solidão voluntária, *desamparo*, essa é a palavra do ano, disse-lhe Xaveste, *tudo está em desamparo como nunca esteve antes*. Eu mesmo me sinto desamparado aqui em Madri, *indefensiò*, como se diz em catalão, e em desamparo não por ser catalão, e ele mesmo riu da própria ironia na tela do Zoom. O convite para o Fronteiras da Razão foi cancelado em função da pandemia que está vindo aí, não sei se você já sabe — *Sim, sim, eu soube. Ontem eu recebi o e-mail deles. Lamentei muitíssimo!* — e Beatriz controlou-se para não falar mais do que devia pelas regras do decoro, porque estava diante de alguém que, pela palavra escrita que ela reescrevia frase a frase em português, foi se tornando o seu ídolo de fato, *ele é muito bom*, ela sussurrava de vez em quando para si mesma quando desembaraçava uma sequência sintática do espanhol tentando lhe dar a mesma naturalidade no português, e ela estava sonhando com esse encontro pessoal desde que fora convidada para acompanhá-lo em São Paulo, como intérprete qualificada das palestras que ele faria em três eventos diferentes — afinal, ela era a sua elogiada tradutora, finalista do prêmio Jabuti (Nem pense em ganhar, esfriou-lhe Chaves com uma risada — é mais fácil um camelo passar pelo buraco da agulha do que o Xaveste ganhar um prêmio no Brasil, mesmo indireto. Mas, é claro, entrar na *shortlist* das traduções já é maravilhoso, um sinal de prestígio para você e para nós da editora), e o simples convite foi como um atestado de competência, não só pelo primeiro trabalho, mas pela breve apresentação que escreveu na antologia de ensaios que se seguiu, *O ocaso iluminista* ("decadência" não ficaria melhor? — sugeriu Chaves, e ela bateu o pé, *não é a mesma coisa*), com o título de *Três linhas do pensamento de Filip Xaveste* (Evite o que puder de jargão acadêmico, sugeriu Chaves; Xaveste escreve em jornal, ele é um clássico polemista à francesa), o conceito de identidade como um ideologema reacionário, o jacobinismo cultural contemporâneo como expressão recalcada de um puritanismo religioso sem Deus e — e no terceiro item deu-lhe um branco na memória, ao decidir se virava já na Desembargador Mota ou se subia mais uma quadra só pelo prazer simples e maravilhoso de caminhar numa bela manhã, personagem tranquila de um romance inglês, imaginou: adoro filmes de época, e ela se sentiu habitante de um outro tempo, um desejo escapista, a vida sob estrito controle. *O globalismo como liberdade*, mas não era nesses termos (*além dos completamente malucos e dos idiotas simples, quem leva a ameaça globalista a sério?*, ele mesmo havia dito em outro momento), e ela franziu a testa, *não me lembro do terceiro item, Alzheimer começa assim*, ela lembrou; algo em torno do choque às vezes brutal entre o ímpeto universalista e o casulo da tribo que ele formulou numa frase, ainda na semana passada eu falei com Xaveste sobre o tópico, *a Espanha sabe na carne o que é isso*, ele comentou; *eu já fui um catalão*, uma frase sorridente que lhe soou como uma heresia absurda, um paradoxo em termos. Nós temos mesmo de "ser" alguma coisa?, Beatriz se perguntou como quem se coloca um problema que jamais se resolverá, mas que lhe voltava à cabeça com frequência. Atravessou a rua e na outra calçada cruzou com um casal de coletores de lixo reciclável descansando ao lado de um carrinho abarrotado de tralhas, ambos sem máscara, ele fumando um cigarro num breve descanso, ela ajeitando um feixe de papelões amarrados que ameaçava despencar, e Beatriz apressou o passo sem olhar para o lado, segurando a respiração por alguns segundos, até se sentir segura adiante — e soltou o ar dos pulmões.

Beatriz conferiu o mapinha no celular — é logo adiante. Passei tantas vezes por aqui e nunca suspeitei deste espaço entre prédios e desta espécie de quintal transformado em pátio com mesinhas do Café & Livros, agora vazio, quase abandonado, ela pensou subindo os sete degraus até a larga porta de vidro já aberta, gostando do que via: um balcão à direita com banquetas elegantes, ao fundo uma parede inteira com estantes de livros, algumas mesinhas espalhadas, tudo num sóbrio tom azul-marinho dominante, que deu certo, ela pensou, e à esquerda a passagem ao espaço aberto — na verdade, retrátil, ela conferiu, um cilindro horizontal acima estenderia um toldo transparente de proteção, se necessário. Sem se mover, ela estava ainda escolhendo a mesa em que ia ficar, a última lá fora, de costas para o limite, que na verdade é a parede cega de um prédio, de onde eu teria a vista de todo o espaço, e o ar livre acima de mim, sem sol no rosto e sob a sombra de um outro prédio, e lembrou-se do inesperado comentário caseiro de Xaveste em meio a uma conversa sobre o relativismo pós-moderno que nasceu sobre uma dúvida de tradução e que avançou para uma conversa fiada, *o espaço que você escolhe num restaurante diz muito sobre você*, e ela achou graça, ele é um filósofo do cotidiano, ela contou ao Chaves, gosta de especular sobre coisas sem importância, o menor detalhe da vida tem de ser sempre investigado, pesquisado e explicado, e Chaves jogou um dos seus típicos baldes de água fria, *ele só está interessado em você, não se iluda muito com o suposto altruísmo intelectual; e essa filosofia do cotidiano é só o típico malabarismo mental francês de segunda mão, especial para conquistas de café.* E disparou, como o tom de um tiro de misericórdia: *Sabia que ele já casou quatro vezes? E a segunda mulher está processando ele num caso literalmente cabeludo* — e Chaves deu uma risada que soou vingativa, o que Beatriz colocou na coluna do ciúme simples, Chaves é do tipo ciumento envergonhado do próprio ciúme, eu atraio namorados assim, é impressionante, um depois do outro, meu primeiro e único casamento, o *breakdown* que se seguiu, Donetti, Chaves e outros tantos pelo caminho, e quem sabe até mesmo a própria Clarice, se a coisa chegasse lá, todos querem uma dona de casa de aparência descolada — e todos vivem um ciúme reprimido que vai deformando as pessoas, especialmente os homens, até eles virarem salsichas, e Clarice ria, uma graça que Beatriz nunca entendeu direito, *por que salsichas?*, mas nunca perguntou. Não se perturbe com o que o Chaves disse, Beatriz pensou, mas a observação dele foi uma espécie de estalo detonador de um novo momento, quase um alarme: Eu estou gostando dele (que aliás vive no outro lado do mundo e que eu nunca vi pessoalmente) mais do que seria o normal de uma tradutora que admira o autor que traduz? Ou eu gosto dele porque ele está a uma distância segura? Lá se foram três ou quatro anos pairando nesta dúvida agradável, entre trocas de gentilezas digitais. Pensou em comentar com Chaves o filme *84 Charing Cross Road* — *Nunca te vi, sempre te amei* —, mas ele entenderia errado e abriria outra crise, e então se calou.

— Bom dia! — A menina surgiu do nada, olhos orientais e o tom de voz afável diante do que seria a primeira freguesa do dia, a máscara azul-marinho no rosto com um pequeno e elegante logotipo do Café, que se repetia no avental também azul, o coque fechado no alto da cabeça com um lacinho gracioso, e parou a uma distância regulamentar de Beatriz com uma gentil inclinação da cabeça e um cardápio na mão: — Por favor, fique à vontade — e ela estendeu o braço mostrando seus domínios, tudo vazio àquela hora. — Não sei se você já conhece a casa, mas temos uma oferta variada de cafés — e a menina seguiu Beatriz até a última mesinha do pátio como se fosse ela a cliente e não o contrário, Está tão fresquinho aqui fora, disse Beatriz puxando a cadeira, e a menina — Sueli, dizia o crachá — concordou, sim, e é bastante seguro, o ar circula bem e a gente tem tomado todos os cuidados, e Beatriz viu o pequeno frasco de álcool em gel sobre a mesa, que Sueli ajeitou ao lado do cardápio, afastando-se um passo atrás à espera do pedido, que veio imediatamente, Um capuccino, por favor, o que deixou a menina feliz, Ah, claro! Com um toque de canela?, e Beatriz fez que sim, e antes de sair Sueli apontou o cardápio, confira as sugestões da casa, e se precisar de wi-fi, a senha é cafelivros2020, tudo junto, em minúsculas sem acento, e Beatriz agradeceu, repetindo para não esquecer, cafelivros tudo junto em minúsculas 2020. A menina deu dois passos e voltou-se: E, caso interesse a você (ela deve ter percebido que eu tenho cara de professora, ou de intelectual, você é uma intelectual, dizia-lhe Clarice, é um jeito inconfundível e charmoso, e Beatriz sempre respondia, de onde você tirou isso?! Eu sou só uma camponesa adaptada!, mas ela insistia como quem aponta a prova do crime, Esses teus oclinhos redondos não enganam), temos também uma pequena livraria de títulos selecionados à venda, com uma saleta de leitura, e ela estendeu o braço, nos fundos do café. Por favor, fique à vontade, e era como se Beatriz pudesse ver o sorriso simpático atrás da máscara. Diante do balcão, um novo freguês acabava de entrar e parecia perdido, uma silhueta magra olhando em torno, e Sueli foi atendê-lo.

Estava tranquila, talvez mesmo feliz, este alçapão dos sentimentos, ela lembrou, e suspirou, olhando para o céu muito azul, um céu que era um quadrado, ou mais um trapézio aberto recortado acima pelo perfil dos prédios, o lado da rua — poucos carros passando — como escape do olhar. Tirou o notebook da sacola e colocou-o sobre a mesa; antes de abrir, passou álcool em gel nas mãos e lembrou que tinha de comprar um bom creme para as mãos, cada vez mais ressecadas, e precisava também fazer as unhas na Dione's, meu Deus, olha só como estão essas cutículas, uma *revisão geral* que iria esperar muito ainda, até o momento da vacina, ou pelo menos a diminuição do número de mortos que aumentam dia a dia, e Beatriz voltou a sentir um surto agudo de irrealidade, quando isso vai passar?! Abriu o notebook e em seguida a janelinha do wi-fi, como é mesmo a senha, mas desistiu — sem wi-fi, vamos trabalhar, chega de notícia ruim do governo mais completamente imbecil da história do país, tudo é inacreditável, um pesadelo sem fim, a voz e a fúria de Chaves reverberaram na memória, nisso concordamos todos, ódios e amores à parte, e quando ela comentou algo a respeito com Xaveste ele enterrou os dedos nos cabelos pretos que parecem arames lisos e espessos penteados para trás e balançou a cabeça desanimado, esse retorno medieval, que é uma onda no mundo — em todo lugar você ouve os tambores e as cornetas e vê as flâmulas dos novos feudos ao vento, aqui e ali uma suástica, e o sorriso mais irônico que indignado de Xaveste (*é a distância elegante da aristocracia*, dizia Chaves) congelou-se na tela por meio segundo —, vai depender em grande parte de uma eventual reeleição de Trump, até aqui o momento político mais importante deste século. Beatriz abriu o Pages e arrastou o arquivo à direita, *A fantasia identitária*, capítulo três, *O futuro da tribo*, e à esquerda ajeitou o PDF original, *El futuro de la tribu*. Por que você não dispõe as páginas ao contrário, o original à direita, a tradução à esquerda?, uma vez Chaves lhe perguntou, como quem faz uma piada, e ela respondeu *pela dominância do olhar, seu tolo*, repetindo o que ouviu de alguém sem saber exatamente o que aquilo significava, que pergunta idiota. Retomou a tradução — *Expansionismo militar, domínio da ampliação territorial, imperialismo, internacionalismo, globalismo, ou, sob outra perspectiva, expansão, difusão, controle e uniformização cultural, são expressões de movimentos irresistíveis mais que milenares da Grande História, em pequena ou em grande escala, onde quer que o pesquisador ponha os olhos no mapa espacial e temporal do planeta.* Se isso é mesmo um fato, que consequências íntimas posso tirar dele?, pensou Beatriz, olhando para o céu — uma pequena nuvem atravessava o trapézio azul. *As consequências puramente teóricas, e as pessoais, concretas e inescapáveis: é para isso que servem as reflexões.* Lembrou-se de Hamlet, na voz farsesca de Donetti, tentando reconquistá-la, a insistência invisível que durou anos, *whether 'tis nobler in the mind to suffer the slings and arrows of outrageous fortune, or to take arms against a sea of troubles and by opposing end them.* É mais nobre sofrer o destino ou lutar contra ele? Ao baixar os olhos, viu adiante a figura magra, inteiramente de preto, com o olhar fixado nela, que, ao perceber a atenção de Beatriz, avançou em sua direção entre as mesas vazias.

Com licença! Ou, melhor dizendo, bom dia! Por favor, não se preocupe — vou manter a distância regulamentar de dois metros, talvez um pouco mais, porque não sou do time dos negacionistas. Acredito na eficácia da distância e das máscaras — que afinal são dois dos recursos mais óbvios, simples, baratos e funcionais contra a peste contemporânea, a útil e elementar barreira mecânica enquanto o mundo cientificamente civilizado (o que, é claro, inclui a China mas por desgraça exclui o Brasil) não produz a abençoada vacina, na qual, aliás, eu acredito — o princípio da observação atenta de Edward Jenner, o filho de um vigário, já no longínquo século XVIII (século que, entre nós brasileiros parece que ainda nem começou, como costuma dizer o meu pai), que descobriu por acaso que pessoas que ordenhavam vacas com varíola não pegavam a varíola humana. A coisa era inteira esquisita, vacas e pessoas envolvidas na mesma lógica, e a ideia era uma loucura, mas os fatos se impuseram e a varíola foi erradicada, ou praticamente erradicada, até que algum governo, tipo o nosso, estimule o seu retorno triunfal dando tiros de júbilo e de metralhadora para o alto. Portanto, como você pode ver, ao contrário das vozes brasileiras oficiais, sou um afirmacionista objetivo diante dos fatos da realidade. E você é um dos fatos da realidade. Vejo que você está sorrindo atrás da máscara, e fico feliz por divertir um pouco você. Objeto direto: divertir você. Não se trata de um gesto intransitivo, unilateral, autossuficiente, embora pareça. Você é parte integrante da minha aproximação, sem a qual eu não faço sentido (o que, ainda vou acabar confessando, não é exatamente uma metáfora). Sei que é uma aproximação não autorizada, e — Posso continuar? Mesmo? Não quero ser muito invasivo, porque invasivo, de fato, já estou sendo. Obrigado! Você é gentil, o que não é novidade para mim. Sim, eu conheço você, ou, é claro, não chegaria aqui tão sem cerimônia com essa minha língua solta. Por favor, só mais um minuto. Já me explico — veja meus braços levantados, de entrega e de desarme. Pois bem, um dos fatos da realidade bateu na minha cabeça há poucos minutos, quando entrei no café em busca de um repouso para a minha costumeira caminhada matinal e vislumbrei o seu vestido azul, o detalhe que se destacou e que chamou de imediato minha atenção, quando girei os olhos em torno, voltando ao fio da meada, um fio que veio de longe para me engatar aqui. E eu sei do que você achou graça: do contraste, talvez, entre minha retórica e minha figura, digamos, jovial (que se tornou uma palavra com uma sutil pátina antiga, ninguém mais é jovial, com as devidas aspas irônicas, todos já crescemos velhos — eu sei que você sabe do que estou falando. Não não, por favor, não é nesse sentido. Já explico 2, a missão! Por favor, abra um segundo parêntese). Na verdade, eu gostaria de ser um Fausto, dos verdadeiros, do tempo em que se acreditava em Faustos, sólidos como rochas num mundo de valores estáveis e duradouros, daqueles que têm o peito de vender a alma ao demônio, a algum demônio verdadeiro enraizado na essência do mal, não dessas figurinhas mercenárias, baratas e grotescas que andam por aí às pencas, e em troca da alma, puríssima e ainda intocada, receber alguma coisa realmente grande, daquelas que valha a pena uma longa temporada no inferno — ainda vou chegar lá, quer dizer, ainda vou chegar nesse assunto, se você me der mais um minutinho. A propósito: eu não sou esse Fausto; fique tranquila. Falta-me tudo para chegar a ele. Sofro de uma bondade inata, e no fundo sem mérito, porque já veio de nascença e portanto não resulta da escolha. Tudo bem? — tudo bem, vou entender que quem cala consente, como diz a sabedoria popular, e dar ainda um meio passo atrás, em sinal de paz e boa intenção neste espaço vazio, só você e eu. Pois como eu dizia, eu entrei neste Café, de que tenho sido freguês diário na pandemia, com a ideia de fazer a ronda das lombadas, como dizia o poeta — passear pelas estantes, conferir novidades, ler orelhas, depois escolher uma mesinha (quando não está chovendo, como hoje, aqui fora) e tomar um café expresso pensando na vida. Na verdade, pensando na minha vida. Que, aliás, deu uma bela guinada no ano passado, daquelas que só acontecem nos livros, ou, para ser mais fiel ainda ao cromo, como sói acontecer nas novelas. Meu pai, um jornalista de alguma importância na área política (não vou dizer o nome porque não vem ao caso, e pode levar você a um prejulgamento quem sabe desastroso, mas é possível que você o veja com alguma frequência nos programas de debates da televisão e leia aqui e ali alguma coisa dele, sempre incisiva, nos jornais) — a quem eu não via pessoalmente há mais de três ou quatro anos, ele em São Paulo, eu exilado em Curitiba, um homem decididamente difícil, para usar a expressão da minha mãe, que dele se separou logo após o meu nascimento, mais de duas décadas atrás, *você foi um acidente*, eu ouvia isso todos os dias sem que eles precisassem dizer, o que é óbvio, porque todos somos um *acidente* (veja que estou frisando a palavra, deixando-a fria e fora de contexto), mas é claro que há diferença entre ser um acidente genético, o que é universal, e um acidente existencial, o que, dizem os melhores filósofos do ramo, poderia ser evitado, porque desde a expulsão do paraíso temos escolha, aqui o caminho do bem, ali o caminho do mal, e a linguagem decide — pois o meu pai, voltando ao tema, ganhou na loteria. Não é metáfora: ganhou literalmente na loteria. Vi pelo breve brilho dos seus olhos claros que você se interessou: não há quem resista a um conto de fadas, e ganhar na loteria é desses fatos miraculosos do mundo, porque o grau de probabilidade, tomado caso a caso, resta praticamente nulo, descansa para sempre na faixa do impossível, e no entanto sempre alguém ganha na loteria, é batata; o destino final das bolinhas do bingo é declarar um número, que por fim coincide com a ficha de alguém. No caso dele, não se tratava de um prêmio qualquer, uma rifa eventual para aliviar por um tempo a dureza da vida, fazer uma reforma da casa, comprar enfim um carro que preste, quitar aquela hipoteca sem fim; não, ele ganhou na Mega-Sena, daquelas obscenamente acumuladas, esta ofensa ridente do grande capital sobre a miséria em torno, dinheiro em pilhas sobre pilhas, uma grana maravilhosa — não exatamente sozinho, outras duas pessoas foram vítimas do mesmo milagre, uma no Ceará, outra no Rio, mas a montanha era tanta que, mesmo repartida irmãmente, foi como se ele ganhasse sozinho. Você deve ter lido na internet, o ganhador anônimo de São Paulo. Era o meu pai. Alguns vários milhões de reais. Assim: do céu. Bem, vou abrir um parêntese prévio, para a moldura do caso: meu pai é ateu. Eu nem sei se esta é a palavra exata — na última vez em que conversamos sobre isso, eu teria uns dez ou doze anos, aquele primeiro momento de investigação metafísica da adolescência, rabiscando poemas mentais, e lhe perguntei se acreditava em Deus, e a resposta dele foi tão mecanicamente indiferente (meu pai até levou alguns segundos para entender sobre que diabos eu estava falando, de onde teria eu tirado aquilo para assunto de conversa?!), que a palavra "ateu" parece excessiva, porque resultado de algum conceito que se coloca na mesa, para então negá-lo — e para meu pai a ideia de Deus parece em si tão absurda que nem sequer é objeto de investigação. Nesse aspecto, sobre a minha mãe — tudo bem, desculpe. Paro por aqui, mãos erguidas pedindo paz. Eu sei que você precisa trabalhar. Perdão. Perdão. Eu sei perfeitamente que você não veio ao Café só para navegar na internet. Na empolgação (e na alegria que me bateu ao ver você) — sim, sim, eu entendo, claro, em outro momento podemos conversar com calma, quem sabe até eu possa realizar um sonho antigo e sentar com você à mesma mesa, mantidas as distâncias regulamentares, sanitárias, sociais e afetivas, quando então, talvez, eu possa contar meu segredo.

Beatriz tocou o *touchpad* do notebook num gesto ríspido, como para escapar do instante real e da própria sensação de hostilidade diante da invasão do estranho — sentimentos criam culpa, dizia-lhe Donetti para fingir que era uma rocha de insensibilidade diante das misérias do mundo, melhor não tê-los — e a tela se iluminou com *Blau II*, o azul de Miró, que ela colocou ali em homenagem a Xaveste (que não sabe disso, é claro, e que talvez nem sequer se identificasse com a imagem e com a alma da terra natal, como ironicamente ele diz), *pintura catalã*, ela digitou no Google, atrás de uma imagem para substituir a própria fotografia aos cinco anos de idade, essa autocomplacência sentimental, você nunca foi assim, por que agora esse retorno, abrindo velhas caixas de sapato atrás de fotografias de um tempo interrompido, as cores estouradas de um velho celuloide, a inocente menina de tranças sentadinha na mureta da velha casa, o culto da infância idílica, e no entanto toda infância é mesmo idílica, um sonho esgarçado, faltando pedaços em toda parte, memórias em fragmentos, emoções intensas e desesperadas e satisfeitas e impetuosas de alminhas em formação desesperadamente em busca de prazer e de sentido, risadas, gritos, choros, o primeiro olhar sobre o Dasein, e Beatriz relaxou, quase sorriu, enfim sozinha — é disso que se trata, estar inteira viva na vida. Mas não sustentou a resistência do isolamento e ergueu a cabeça a tempo de ver a figura esguia sair do café, descer os poucos degraus com a rapidez de quem foge sem olhar para trás e sumir de sua vista, ao mesmo tempo que Sueli se aproximava com a bandeja — Desculpe a demora, deu um probleminha na cafeteira —, o que pareceu devolver a normalidade ao dia, e Beatriz viu-se mais gentil do que o costume, como se compensasse pelo tom de voz o bloqueio da máscara sobre o seu sorriso compreensivo, por favor, nem se preocupe, obrigada! A menina colocou a bandeja na mesa e ajeitou-a com açúcar e adoçantes em simetria casual com o cardápio, ao lado do notebook aberto onde Beatriz voltou a fixar os olhos sem ver o que estava adiante, ainda tentando esquecer alguma coisa, e ouviu Sueli dizer, a cabeça virada em direção à saída, hoje ele saiu sem pagar, e voltou a olhar para a freguesa, como se houvesse relação entre uma coisa e outra; e diante do olhar inquisitivo de Beatriz, talvez um pouco duro, talvez vítima de uma acusação injusta, eu não tenho nada a ver com ele, nem sequer o conheço, ela diria — mas a funcionária parecia apenas se divertir com a suposta fuga, amanhã ele volta — e, sempre casual, você conhece ele? Diante do *não* imediato e talvez enérgico demais do movimento de cabeça de Beatriz, uma espécie de *que ideia!*, a menina explicou, já um passo adiante, ele vem todos os dias aqui, praticamente desde que a gente reabriu o espaço, nós seguindo os protocolos da prefeitura e ele de máscara, é claro, nunca relaxamos, e Beatriz fez um *sim* pacificador, a mão sobre o notebook, agora já com a insinuação implícita de um *preciso trabalhar*, e Sueli entendeu, dando um passo atrás, se quiser pedir alguma coisa do cardápio, é só dizer, e enfim deixou-a em paz — por mais três passos, quando parou de novo, e disse no tom de uma explicação definitiva e ao mesmo tempo de absolvição do freguês relapso que saiu sem pagar, *ele é poeta*, e enfim voltou ao trabalho. O *ele é poeta* relaxou Beatriz com um sorriso interno, que coisa ridícula. Deu um gole do café, sem adoçante nem açúcar (como você consegue, dizia-lhe Donetti despejando três ou quatro colherinhas de açúcar e a piada velhíssima, de amarga chega a vida, que ela achava engraçada pela infalível recorrência a cada cafezinho, ela até fazia coro com ele, de amarga chega a vida, até que tudo ficou mesmo amargo e insuportável e ela partiu para mais uma experiência afetiva — se doçura for isso, quero uma vida amarga, ela disse ao Chaves com uma risada e crueldade vingativa, a alegria passageira da independência e o ressentimento do amor falhado) —, um café que achou saboroso, reconfortante, e clicou no arquivo que se abriu, *A fantasia identitária — ensaios de Filip Xaveste*. Correu as páginas já traduzidas até a sentença que havia deixado pela metade, *busca do autêntico, um valor caríssimo ao primeiro romantismo, que abriria uma caixa de Pandora histórica cíclica (a energia nazista é certamente um dos seus ramos secretos) difícil de*, calculando por alto quanto já traduziu e quanto faltava, praticamente meio a meio, tenho um bom tempo, estou no prazo, *difícil de fechar*, digitou, ponto, parágrafo. Lembrou-se da risada de Xaveste no último encontro virtual, pois não queriam autenticidade? Basta distribuir um celular para cada cidadão com um aplicativo de mensagens e plim! — você terá uma multidão incontrolável de autênticos idiotas fazendo um estrago monumental por onde trotam. Resta saber se o estrago já é irreversível. Se Trump for reeleito, e até aqui tudo indica que será (a menos, quem sabe, que a pandemia saia completamente de controle, o que não é impossível porque esse povo com o celular na mão tem dificuldade de lidar com a realidade objetiva, todos na fase alfa de um game existencial, o retorno infantil sem culpa, responsabilidade ou limites, como queria a geração hippie do meu pai, o baronete revoltado que encontrou na autonomia da Catalunha o seu talismã revolucionário, uma aldeia para chamar de minha; não, ele não usou essa expressão, eu é que disse a ele, como ilustração da ideia em português, e Xaveste custou um pouco a sintonizar o sentido da coisa, até perceber e achar graça; como é difícil traduzir nuances de humor e ironia, e língua é inteira nuance, *sí, sí*, ele concordou) — Mas voltando ao fio: nesse caso (o do Trump reeleito, já me perdi!), *lasciate ogni speranza*, Beatriz! A imagem de Xaveste sorrindo congelou-se três segundos na tela para voltar adiante, em outro tom, de uma intimidade mais séria — O teu pai era leitor de Dante?, e Beatriz apressou-se, não, não, certamente não, meu pai era bancário, e percebeu o absurdo do que dizia, poderia ser bancário e ler Wittgenstein (que preconceito o meu, ela pensou em brincar com Xaveste, o mundo está cheio de bancários poetas — que tal Eliot?), e voltou a ver o pai lendo o jornal na velha poltrona de pés de palito da sala, um copo de uísque ao lado e a imagem recorrente da memória parecia defini-lo para sempre de uma forma completa e por todos os ângulos. Sim, havia uma *Divina comédia* em casa, uma velha edição bilíngue que eu tenho até hoje, mas essa era a área diletante da minha mãe, a quem eu deveria ter dado mais atenção, pequena Electra — mas isso ela não disse. Venho de uma família antiga, Beatriz brincou ao acaso, sem saber o que queria exatamente dizer com a expressão, era como se a presença de Xaveste (o cara é um dos maiores ensaístas europeus contemporâneos, Chaves repete sempre; é prestígio para a editora) e o seu jeito aparentemente simples desestabilizassem os sentidos e ela temesse um silêncio que a qualquer momento poderia encerrar a conversa, mas Xaveste também brincou em troca, todas as famílias são antigas! — e ambos riram do nada, talvez mais pelo prazer de estarem juntos no meio de uma pandemia do que pela graça da frase, ela pensou, e olhou para o trapézio do céu, de onde vinha uma sombra momentânea, uma nuvem lenta e avulsa. Deu mais um gole do café, já um pouco frio — acho que vou pedir outro, com alguma coisa para comer, mas voltou decidida à tradução, num embalo em sequência de três parágrafos que lhe saíram fluentes, *a obsessão da identidade formal pode se compreender como um ponto agudo de confluência da pulsão psicanalítica, estritamente pessoal, com o arquipélago opressivo das segregações sociais,* sentindo os paralelos e os afastamentos sintáticos entre o espanhol e o português com um prazer de tradutora, até o ponto, parágrafo, para ir adiante, e suspirou, sonhando com o fim da pandemia e imaginando algum encontro pessoal com Xaveste. Acho que eu me apaixonei por um holograma, e ela pensou em alguém com quem pudesse partilhar a imagem infantil de uma comédia romântica de ficção científica, apaixonar-se por um holograma. Quem sabe com o poeta, ou com o Xaveste, que é o próprio holograma, e ela riu sozinha. Holograma, *hollow*, oco — será que a palavra vem daí? *The hollow men.* Não se distraia, Beatriz.

Bom dia, Beatriz! Perdão — não entendi. Posso dar mais um passo? Assim fico a, digamos, três metros de você, sempre de mãos para o alto: você pode atirar que eu não moveria um dedo. Preciso de muitas coisas na vida, mas a mais urgente é me desculpar por ontem. Por favor, me perdoe. É que — como que eu sei o seu nome? Pois é justo sobre isso que eu preciso falar, compor o quadro inteiro de você na minha vida, ou vai parecer que você está diante de um assediador maluco que desanda a contar histórias pessoais não solicitadas a qualquer mulher por quem ele sinta afeto, o que é profundamente o meu caso agora — o afeto, não o assédio, embora, eu sei, este esteja de algum modo acontecendo. Posso me aproximar mais um pouco? Obrigado. Por favor, não tema — eu fico em pé. Acho que ainda não temos intimidade suficiente para nos sentar à mesa e conversar com o coração aberto, o que seria a maior felicidade da minha vida. O homem, naturalmente, precisa conquistar a duras penas esse momento; para a mulher, isso é em geral mais fácil, se ela estiver determinada, porque (para dar um exemplo simples), um homem terá mais dificuldades culturais para recusar o beijo de uma mulher que se oferece do que o contrário; neste complexo jogo que em princípio é mais social que afetivo, talvez a aproximação seja a única, entre aspas, categoria, para falar como os acadêmicos, em que a mulher leva vantagem tática na guerra de todos os sexos reais e potenciais (agora para falar a linguagem do tempo), considerando-se condições culturais e sociais semelhantes entre ambos. Não, não, por favor — é apenas um exemplo. Desculpe. Não tive a mais remota intenção de — é só um exemplo que me parece nítido, e sei como você valoriza os exemplos, boa professora que sempre foi: como eu disse, eu conheço você. E a sua simples reação — deu para sentir daqui a reação física que você teve à imagem que eu criei, você recuou inteira — a sua simples reação indica a correção do exemplo. Imagine o contrário: eu estou traduzindo, concentrado no meu trabalho, o café ao lado, o pátio vazio, a manhã bonita, e de repente chega, como que do nada, vestindo azul, Beatriz — não não, vamos imaginar que eu não conheça você; não é preciso conhecer você para gostar de você. Agora eu fiquei na dúvida — se eu não conhecesse você, a reação seria a mesma? Não importa. Exemplos são sempre difíceis, porque dão a ilusão de que tudo é igual, que conhecendo um, conhecemos mil, o que é um engano. Mil é mil, contados um a um, separadamente. Bem, no caso, seriam dois solteiros à solta numa pandemia, o título de uma comédia romântica. Tudo bem: não à solta, mas perdidos numa pandemia. Não não não — você tem razão: você não está perdida; quem está perdido aqui sou eu. Mas veja, sempre a título de exemplo: eu não diria a mesma coisa que você disse, não reclamaria se a situação fosse inversa, talvez porque a ideia de estar perdido, a sua metáfora implícita, seja por atavismo mais misteriosamente atraente para o homem do que para a mulher. Sei, sei, tudo é cultura, mas as coisas atávicas funcionam do mesmo modo que as reais, por assim dizer, culturais ou não: a realidade objetiva, como diria meu pai. Dessa não se escapa, ele sempre diz, nem com um celular na mão. Tudo bem, desculpe mais uma vez. O que eu quis dizer é simples: se eu estivesse onde você está, fazendo o trabalho que você faz, e você se aproximasse, eu sorriria e no mesmo instante ofereceria a cadeira para você sentar (o que você não fez em nenhum momento, claro que por uma razão básica e sólida, mulheres têm motivos esmagadores para temer estranhos, e isso é uma realidade objetiva): se se trata de um padrão masculino recorrente ou se é apenas uma consequência natural de eu conhecer você e não o contrário, fica a critério. Não vem ao caso. Sim, sim: vou voltar à primeira pergunta e dirimir sua dúvida, mesmo temendo que, fazendo isso, o que resta de encanto nesta triste figura que vos fala viraria pó, assim revelado, e você me mandaria embora de vez, talvez erguendo a voz e apontando a saída, a clássica expulsão do paraíso: você quer saber como conheci você. Justo. Isso é de fato importante porque você criou um padrão muito forte na minha vida, numa área também inescapável, a dos afetos. Apenas por um momento vou tirar a máscara, literal e metaforicamente — acho que, a mais de dois metros, não corremos perigo, a sós nesse pátio vazio. Com a devida distância, não trocaremos coronavírus. Não me reconhece? Vejo que você franze a testa — talvez pressinta no meu rosto algo familiar, mas não consegue ligar os pontos finais. Bem, é compreensível. Há quantos anos? Quando aconteceu a Copa do Mundo em Curitiba? Foi em 2014. Essas referências não se esquecem. Eu tinha quase dezoito anos, e era virgem — desculpe, é só uma informação objetiva sem insinuação de coisa alguma. Para você compor a moldura da coisa. Sim, hoje tenho apenas vinte e cinco anos, mas essa barba meio espessa sempre por fazer, um detalhe do meu fenótipo, me dá uns quatro ou cinco anos a mais, como diz minha mãe. Parece um adulto, ela gosta de repetir, com um sorriso irônico. A máscara esconde um pouco este meu atributo precoce. Um jeito meio maduro, meio inseguro; de certa forma, a cabeça maior que o esqueleto, ainda em formação. Ela diz que eu sou sua obra-prima; minha mãe só não é a clássica mãe judia porque não é judia, ou pelo menos meu mapa genético não apontou nada para aqueles lados semitas, mas vá saber; tenho até um traço ameríndio, treze por cento, para ser exato, o que você pode reconhecer na minha tez e, prestando bem atenção, no contorno dos olhos: lá longe, bem longe, tem um oriental aqui. Eu queria que ela também fizesse o mapeamento, para saber de que somos feitos e fechar melhor a árvore, mas ela desdenhou — Lá quero saber de onde venho? Quero saber onde estou. Já meu pai, o ausente, diz que eu sou um gênio, e, portanto, preciso ser cuidado e cultivado; quer dizer, passou a insistir nisso depois do milagre da loteria. Antes, custava a atender o telefone, quando atendia — sim, sim, seria bem pior se fosse o contrário, haha. Muito boa essa sua observação. Sim, é inacreditável, mas às vezes o dinheiro revela o melhor das pessoas, foi o que a minha mãe disse a contragosto, ao conferir o saldo bancário (como ex-mulher, já sob o sacramento oficial do divórcio, não teria direito a nada) e a pensão ao filho pós-loteria, pós-curso superior, pós-tudo, como diz o poeta. Bem, como todo filho, sou tecnicamente rebelde, e portanto não acredito muito nem em um, nem em outro, mas é sempre bom prestar atenção no que os outros dizem, sobretudo se você depende deles. Pois bem, vai o quadro geral: filho único praticamente de mãe solteira, dezessete anos, virgem, nefelibata, desajeitado, canhoto, uma dislexia leve (que por alguma razão se curou sozinha e deixou no rastro uma síndrome retórica — e eu acho que você teve um papel nisso, já chego lá), leitor apaixonado (comecei com Nietzsche, para você ter uma ideia, nada menos que *O Anticristo*) e portanto um poeta potencial, talvez com alguns toques de bipolaridade (nada grave, só a alternância eventual entre euforia, como nos momentos em que vejo você, e depressão, quando estou longe, mas tudo sob controle, e que, sem nenhuma patologia notável, pode ser simplesmente efeito da virada dos vinte anos, a turbulência física e mental antes de reacomodar os ossos), e eis que era chegado o momento da sagração do vestibular, o bar e o bar mitzvah da classe média brasileira, como disse meu pai distante quando o momento chegou: agora você vai ter de provar que sabe ler o livro sagrado do conhecimento, ele disse, e deu uma gargalhada pelo telefone. Não, ele não é judeu, mas semana passada me disse que anda com vontade de se converter ao judaísmo para escapar do Brasil e se mudar para Israel, que em breve vai vacinar todo mundo. Não não, era só uma piada mesmo. Não culpo você: na hora até eu achei que ele falava sério. Você não conhece o meu pai. Pois bem, retomando o fio: que curso você vai tentar no vestibular?, perguntou ele. Letras, eu disse, secretamente esperando uma aprovação entusiástica — se eu queria ser poeta, não seria o óbvio? Mas meu pai destruiu meu projeto com irritação: esqueça isso! Isso é ideia da sua mãe. Você não vai ficar trancado o resto da vida numa sala de aula. No silêncio da linha, que durou quase um minuto, pressenti que ele estava arrependido do rompante, e esperei. Mas errei: nenhum arrependimento. Apenas matutava sobre o melhor meio de me convencer. Veio a voz: Faça jornalismo. Vai jogar você no mundo, não trancar numa gaiola. Não tem curso de jornalismo na Federal de Curitiba? Ou nas estaduais, Londrina, Ponta Grossa? Eu entendi: a sugestão era um modo discreto de indicar que eu não escolhesse uma universidade paga, porque a grana andava curta. E que, portanto, nem sonhasse em ir para São Paulo me pendurar nele: está difícil para mim, ele dizia, enquanto montava outra família, como eu descobri mais tarde. Mas vou deixar você trabalhar, antes que você me despache como ontem: quase dez horas!

Beatriz abriu a porta da geladeira sem ver o que havia dentro, um gesto automático, e fechou-a em seguida. Pensava ainda na figura matutina, invasiva, estranha, engraçada, intrigante, que hoje não apareceu. É a técnica dele, ela pensou, como quem aceita um jogo de crianças. Recusou-se a admitir que, de fato, desejava que ele aparecesse uma última vez para pelo menos contar o fim da história: o que aconteceu quando ele tinha dezessete anos? O que eu tenho a ver com isso? E a grosseria da sugestão que ele deixava implícita, inteiramente normalizada pelo tom de voz. *Virgem*. E eu com isso? A ausência de algum sentido de adequação (adequar-se é a chave, costumava dizer Chaveste, e ela riu do epigrama psicanalítico, chave, Chaves, Xaveste). E meu Deus, que pai é aquele?! Que loucura é essa de loteria? A todo momento (a geladeira aberta novamente, lembrou-se da própria trapaça em negar o óbvio) levantava a cabeça da tradução para a entrada do Café: nada do poeta. Sentiu a velha agulhada de culpa, seu fantasma antigo: talvez eu é que tenha sido muito grosseira. Voltava ao trabalho: *O corpus da cultura contemporânea midiaticamente dominante de criação agressiva de identidades é de fato um conjunto de micro e macrovalores, muitos deles tomados isoladamente e com frequência* [muitas vezes? frequentemente?] *sem inter-relação mútua (de natureza política, religiosa, étnica, sexual, histórica, comportamental, geracional, racial, ou qualquer outra categoria transcendente).* Não, a figura que entrou agora não é ele — o poeta não usaria aquele casaco verde horroroso, ele está sempre esguio e elegante de preto com subtons em cinza, a camiseta sob a camisa, ela lembrou — e o café está frio. Conferiu a hora na barrinha da tela: quinta-feira, 10h17. Fez o sinal já conhecido de Sueli, o braço erguido, o polegar e o indicador pedindo mais um café (você pede café como se fosse homem, uma vez lhe disse Donetti, a expressão intrigada no rosto), gesto respondido com um provável sorriso atrás da máscara e o sinal de positivo, única freguesa no Café sempre vazio. Restaurante vazio que nunca vai à falência é lavagem de dinheiro, a frase lhe veio: quem costumava dizer isso? Antes da pandemia, é claro. Voltou ao Xaveste sob um surto momentâneo de entusiasmo, mais duas ou três semanas acabo essa tradução, a digitação rápida, *e é justamente neste corpus que o identitário — chamemo-lo assim,* não não pelo amor de Deus, chamemo-lo não dá, *vamos chamá-lo assim, que o identitário [?] coloca objetivamente as fichas do seu bem-estar no mundo, definindo-se antes pela moldura que o delimita e o transcende, que pela ideia moderna, hoje simples e intuitiva, de autonomia individual.* Abriu a geladeira pela terceira vez, ainda picada pela memória de sua frieza: nem sequer convidei o menino para sentar, nem um gesto minimamente gentil, mesmo quando eu, por omissão, dava corda à viagem dele. Nem posso dizer que foi por causa da covid — de máscara, mantendo distância, risco zero. Era a velha e desaparecida amiga Bernadete que costumava salvá-la das investidas da culpa: Beatriz, ela diria, não seja idiota, guria — se você convida ele pra sentar, ele não sai mais dali e você perde uma manhã de trabalho, além de ter de aguentar a papagaiada toda, só por ser gentil. Essas figuras *grudam* — era outra expressão engraçada que ela usava. Sentiu outra picada: agora de saudades da amiga — por onde andará? *Esta autonomia — a ideia de que eu posso me constituir sujeito fora de um imperativo transcendente coletivo (de qualquer natureza) — costuma ser estigmatizada (sob uma evidente sombra marxista) como "falsa consciência", a clássica categoria da alienação.* Abriu mais uma vez a geladeira, agora decidida a voltar à Terra, almoçar cedo que logo tenho reunião com o Batista — quando recomeçam as aulas presenciais, meu Deus? — e depois o encontro com Xaveste com a lista de dúvidas de tradução. *É uma categoria coercitiva nitidamente moral, embora esteja revestida, de um lado, de justo imperativo político, e de outro, sutilmente, do rigor de ciência filosófica, o que transforma a ovelha negra do grupo num ignorante.* [*Oveja negra* — *desgarrada* não seria melhor? Não invente, Beatriz: tradutor só traduz. É apenas a expressão popular. Bem, não custa perguntar, mais para conversar sobre o duplo sentido contemporâneo. A ovelha negra sentida com um toque secretamente positivo, a imagem clássica de alguém que escapa do rebanho.] Claro que poderia mandar as dúvidas simplesmente por e-mail, o velho, bom e funcional e-mail de sempre de sua vida de tradutora, algo que ainda conserva indícios da aura tranquila, paciente, cordial e articulada das antigas cartas do mundo perdido de Jane Austen e Balzac, prezado senhor, estimado Xaveste, querida amiga, fechando-se o texto na penúltima linha, espaço, parágrafo, com um abraço grande, beijos, cuide-se, até mais, e na linha seguinte, Beatriz, a assinatura fria e neutra em letra de fôrma, puro nome, porém ainda presente. Mas depois de uma primeira conversa via computador, com a participação da coordenação e do próprio Xaveste, para acertar com a tradutora, mediadora e intérprete do polêmico pensador catalão os detalhes logísticos da aguardada vinda ao Brasil e de suas conferências no Fronteiras da Razão, viagem que a pandemia implodiu, o escritor passou a responder aos seus e-mails quase sempre com um pedido de encontro online, em bilhetes sucintos e crípticos, *podemos conversar pelo Skype?*, o que no começo a afligiu pela secura, será que ele não está satisfeito com a tradução das palestras ou levantei alguma dúvida idiota demais, santa insegurança dos tradutores, mas não era nada disso — bastava chamar *filipxaveste* no aplicativo no horário marcado que ele aparecia na tela engraçado e desarmante, escandindo a frase *quero muito praticar el português, especialmente el português brasilero, que es más musical*, estudante aplicado e obediente, *sí, sí*, o *português* brasileiro, *perdóname*, um álibi perfeito para ambos conversarem. A hora era sempre sugerida por ele e aceita por ela sem pensar, até que, às seis da manhã (*por que eu não cancelei?!*), sentindo-se mal pela cara lavada e estremunhada e envergonhada exposta ao mundo (e a vergonha da porta do armário aberta atrás com uma calcinha pendurada no trinco, meu Deus, só depois que eu vi), ela lembrou-lhe tímida a diferença de fuso horário de Madri, *desculpe minha aparência*, ela deixou escapar, são cinco horas de distância, e a figura dele fez-se consternada na tela, a mão dramática no rosto, *¡Perdóname! ¡Olvidé que estamos tan lejos!*, e desde então ele civilizou a marcação dos horários com a gentileza de consultas prévias. Fechou mais uma vez a porta da geladeira e abriu enfim o freezer: uma lasanha. A caixinha pronta para ir ao micro-ondas com a foto do queijo derretido na embalagem despertou sua fome — quem sabe colocar no forno, sempre fica melhor, o calor mais uniforme, não, não, vamos logo com isso, e conferiu a hora na parede: 12h37. Trabalhei bastante hoje, porque o poeta não veio. É agradável escrever nesse espaço vazio, ao ar livre. E, decididamente, Xaveste me interessa. Sueli depositou mais um café, ela deu um gole e prosseguiu. *Neste cipoal, emerge a "verdadeira consciência", determinada não pela razão ou pela realidade objetiva, ou mesmo pela simples e inescapável interação dialógica da vida social, mas pela moldura pré-formatada dos sacerdotes que detêm a chave da "autenticidade".* Cinco minutos no micro-ondas. Só isso mesmo? Foi à lixeirinha da pia recuperar a embalagem e reler as instruções: potência média alta, durante dezoito a vinte minutos. E no forno? No forno leva uma hora. Lavou novamente as mãos e marcou dez minutos, potência alta. Depois eu vejo como ficou e finalizo, disse em voz alta. Levou o prato e os talheres à mesa da sala, guardanapo, água, copo, um pequeno teatro formal para uso próprio: é importante, ela ouviu alguém dizer na televisão num programa de gastronomia, mesmo que você esteja só — a comida terá outro gosto. Jamais coma em pé, andando pela cozinha, sobre uma toalha suja, na própria embalagem ou lambuzando-se num saco de papel, dizia o chef, severo, o *toque blanche* engraçado na cabeça. Eu conseguiria viver novamente com alguém, partilhando o mesmo espaço, depois de três tentativas falhadas? A burocracia estúpida do primeiro casamento, a turbulência angustiante de Donetti, o erro brutal de Chaves. Imaginou o poeta diante dela à mesa. Cada ideia. Quem sabe Clarice, se a minha membrana mental fosse outra e se rompesse, porque tudo é *cosa mentale*. Ou Xaveste. Quem seria a melhor companhia para cama e mesa? Na dúvida, sempre escolha o mais rico, ela ouviu alguém dizer anos atrás numa mesa de bar, o pragmatismo suavizado pela ironia. Por trás dessa fragilidade você é tão *racional*, Beatriz, disse-lhe Donetti uma vez, acusatório. E eu pensei em responder invertendo a equação, mas fiquei calada, à mercê das palavras. *É um gesto, enfim, puramente político, mas essa tarefa instrumental se reveste de um manto de ouro ideológico: o sacramento da autenticidade, que tudo perdoa. O jargão do gueto complementa o ritual identitário fechado até a conquista de uma língua particular de isolamento — começa com o simulacro das formas acadêmicas, fachadas verbais com verniz de prestígio sem andaime de sustentação, e termina, por exemplo, no ridículo absoluto de tentar reformatar a linguagem histórica eliminando, a um toque mágico do desejo, distinções gramaticais de gênero. É a varinha mágica da fantasia identitária.* O micro-ondas apitou.

Bom dia, Beatriz! Quase que eu começo me desculpando por não ter aparecido ontem para continuar nossa conversa — pretendia contar do imprevisto que tive e o quanto lamentei faltar ao encontro, o que é engraçado, o extraordinário poder do pensamento como puro desejo, como se você tivesse o mínimo interesse em que eu viesse aqui diariamente atrapalhar o seu trabalho. Bem, entre todos os meus defeitos orgânicos, por assim dizer, os incontroláveis, tenho também um pequeno transtorno obsessivo verbal que exige fechamento, entre aspas — tanto um fechamento sintático, para usar uma expressão que é cara a você, a professora a quem devo tanto, nunca deixar as sentenças pela metade, quanto um fechamento lógico, que é também um laço puramente narrativo; por angústia instintiva, eu preciso fechar a narrativa, completar o círculo, como se diz hoje para tudo: a realidade não existe, tudo é narrativa, o que, levado ao pé da letra, seria bem engraçado, talvez até melhor do que a simplicidade inacabada em linha reta que a gente vive com o pé no chão do dia a dia. O tempo não tem versão, uma segunda-feira é uma segunda-feira. Assim, por favor, só deixe eu terminar o que comecei que, em seguida, juro que dou meia-volta e desapareço do café para você trabalhar em paz. Tudo bem? Obrigado, Beatriz. Pois voltando ao fio perdido, se você me permite: eu contava como conheci você, e lá estava eu com meus desajeitados dezessete anos, prestes a fazer vestibular. Ah, você lembrou do meu conflito entre pai e mãe, letras ou jornalismo. Sim, sim, sim. Grato por relembrar — vou fechar esse fio também. Sim. Minha mãe achava que letras combinava comigo, porque eu escrevia versos que ela considerava, é claro, maravilhosos (e caramba, como eu escrevia mal naquele tempo! Cada vez que abro a velha gaveta, me bate uma depressão como se eu já fosse um velho poeta). Minha mãe dizia, embevecida: você tem alma de poeta! Já o meu pai, seguindo o perfil masculino simples e típico, apenas queria que eu fosse igual a ele, um jornalista de sucesso. Nesse país grotesco — veja bem, ele me dizia isso não agora, quando é óbvio, mas sete anos atrás, lá na Copa do Mundo brasileira — nesse país grotesco, dizia o velho, o jornalismo é uma das poucas profissões realmente essenciais à sobrevivência mental: é um trabalho que abre o mundo para você, ele repetia várias vezes. Mas, tirando o rococó idealista em causa própria (estou usando a mesma expressão que aprendi com ele, rococó idealista, que eu acho boa — meu pai tem um traço meio cínico, uma zona cinzenta da ironia, de modo que conversando com ele eu nunca sei exatamente o valor da moeda verbal, para ficar na metáfora, e como ao longo da vida falamos umas trinta vezes mais por telefone do que ao vivo, todo o código facial, lembrei agora o que você me explicou uma vez, a diferença entre língua e escrita, todo o código facial, que, mesmo com máscaras está presente entre nós nesse exato momento, todo ele se perde) — enfim, o que ele queria mesmo era só que eu fosse igual a ele, como todo pai que se preze, mesmo os ausentes, talvez principalmente esses, como compensação psicológica. Basta criar uma réplica idêntica que o serviço paterno estará feito. Você escreve bem, ele dizia, e isso é uma dádiva — não perca esse dom num curso de letras. Ah, Beatriz, você achou engraçado? Esse seu sorriso transmite felicidade instantânea! Lembro sempre dele nos meus sonhos. Queria estar sem máscara para você sentir a expressão do meu rosto. Desculpe: foi meu momento brega. Perdão, não pelo sentimento, que é real, mas pela legenda horrível. Eu fico nervoso. É a minha aflição que — mas não quero estragar tudo antecipando as coisas. Tudo bem, tudo bem, mãos ao alto: volto agora mesmo àquele momento epifânico. A partir de um pequeno erro de ortografia de um poema meu — foi mais um lapso, fascínora em vez de facínora, nunca esqueci da palavra — que minha mãe decidiu, de uma forma inesperadamente imperiosa, que eu precisava de aulas extras de português, um pequeno reforço, que eu não fosse jogar fora um ano inteiro de estudos intensivos (eu fazia um terceirão num dos melhores cursinhos de Curitiba; minha mãe escolhia pelo preço, porque era o meu pai quem pagava), jogar fora um ano de estudos por um erro simples de ortografia! Aquele fascínora poderia custar caro! Afinal, essa era a minha área, a área do poeta, as palavras, e nela eu tinha de gabaritar, para compensar a fraqueza, ou imperfeição, do resto. Sim, uma vez ela usou exatamente essa expressão, nunca esqueci, você é imperfeito em matemática, ela disse. Para você ter uma ideia da minha mãe. Não é fácil ter uma mãe que, de repente, do nada, admite que o filho pode ser, aspas, imperfeito. A palavra é forte. O que ela faz na vida? É psicóloga. Se eu fosse definir a minha mãe em uma palavra, assim como eu sou imperfeito, ela é aguda. Minha mãe é uma mulher aguda. Sabe o tipo de pessoa que vê através? É ela. Ela põe o olho e vê o que está no outro lado. É incrível. Claro que isso me obrigou a desenvolver técnicas de autodefesa. Ela querendo saber tudo, e eu lutando para não entregar nada, mas conservando intacto o afeto, meu escudo maior. Resultado: virgem, disléxico, bipolar, com traços de transtorno obsessivo, tudo em pequenas doses. Virgem em pequenas doses: é engraçado; por favor, entenda. Adolescente sofre, mas tudo passa. Hoje eu diria que já sou quase feliz. A loteria do meu pai meio que deu uma aplainada geral nas coisas.

Como que eles se conheceram? Não, não, meu pai não é daqui, é gaúcho — aliás, odeia Curitiba, mas parou de falar mal da cidade quando percebeu que, por seus impropérios contra a cidade (eu cheguei a fazer uma lista dos defeitos, era o tal espírito de autofagia de algumas cidades, e que aqui é forte), eu poderia ir para São Paulo morar com ele, e talvez levasse a mãe junto. Bem, foi o que a minha mãe disse, com um tom de triunfo. Se você for, ela disse, eu vou junto. Ele que não pense que. Num momento, nos meus quinze anos — eu andava vagamente pensando em suicídio, lendo poemas de Álvares de Azevedo ("Se eu morresse amanhã") e de Byron ("*I want a hero*"), e sonhei mesmo em escapar para São Paulo, numa fuga espetacular —, meu pai determinou: Curitiba é a cidade perfeita para você. A cidade é uma merda, em Curitiba até a esquerda é de direita, mas tudo funciona melhor aí. Avise a sua mãe que eu vou aumentar a pensão — ontem assinei um novo contrato, um programa de debates, e as coisas vão melhorar. Enfim, voltando ao ponto: eles se conheceram por acidente, como costuma acontecer com as pessoas. É sempre tudo por acidente. Ele veio trabalhar no jornalismo da televisão daqui, mas só aguentou exatos trinta e seis dias, tempo suficiente para gerar um poeta ao acaso, este que ora vos fala, semear inimigos, pedir demissão, sair da cidade fechando portas com estrondo e palavrões e nunca mais voltar. O que aconteceu exatamente eu nunca soube (as mães são evasivas quando o tema é biográfico) — se você permite, vou citar Wallace Stevens, um poeta que eu amo, ele é uma lâmina: é como aqueles dias pós--verão, em que é verão e não é mais, é outono, mas não é, em que é dia e não é dia, como se as luzes de ontem à noite ainda ardessem — eu acho tão bonito isso. Bem, nas mulheres o peso do passado é diferente, muito mais inescapável. Sim, sim, só deixe eu retomar a meada, fechar num minuto esse pequeno círculo, que eu sei perfeitamente que você tem trabalho pela frente. É outra tradução do Xaveste? Eu li a nota do *Estadão* na semana passada, e ao entrar no café e ver você, eu — meu Deus, nem preciso dizer. Tudo bem, desculpe: aos fatos. Era... ah! — minha mãe: sim, ela aceitou o veredito do meu pai, eu até acho letras melhor, ela disse, mas que seja jornalismo mesmo, se você se sente confortável, e eu disse que sim, é o que eu quero na vida, e era mesmo; quer dizer, o curso era mais ou menos indiferente para mim, porque eu sempre me senti unicamente poeta, mas a ideia de agradar o meu pai continuava muito forte. Eu já me via trabalhando com ele no Rio de Janeiro (ele passou um tempo lá mais ou menos naquela época), uma fantasia que me levava adiante, na minha cabeça o Rio tinha um colorido literário emocionante que faltaria em São Paulo. Um imaginário simples: um Rio colorido, uma São Paulo cinza. Pois bem, por causa daquele fascínora que me escapou no meio de um verso mais por dislexia do que por ignorância, dona Gabriela (sim, é o nome da minha mãe, Gabriela, que eu sempre achei bonito, quase barroco; bem, Beatriz é igualmente um belo nome, mais abstrato e incisivo; são nomes de tonalidades diferentes, o que cria cores distintas, você não acha? Gabriela é Brasil, Beatriz é Europa); pois dona Gabriela me pegou pela mão e subimos três lances de escada do prédio da Carlos de Carvalho em que então morávamos, até chegar diante da porta do apartamento onde vivia (palavras dela, num tom de conto de fadas) uma moça muito simpática, bonita, inteligente, uma professora que traduz livros e dá aulas particulares de português e inglês, chamada Beatriz, com quem às vezes ela conversava no elevador. E dona Gabriela apertou a campainha.

Beatriz acordou com a sombra de uma ressaca moral, e ela pesou na alma a expressão, ressaca moral, um efeito físico embebido num dilema ético, a sensação de que eu não fiz o certo e que isto irremediavelmente quebra a unidade do ser, outra expressão que ela também pesou, o desejo de paz, um vago tom de orientalismo filosófico diluído no tempo, o kitsch e o kit inocente da sobrevivência espiritual diária, ser e natureza, voz interior, paz e unidade, a comunhão intuitiva, o desejo em silêncio, pequenos cromos da sabedoria cotidiana que invocamos, Confúcio lendo a Imitação de Cristo sob o olhar de Sidarta Gautama, todos em torno de um lance de búzios no terreiro de umbanda que interpreta uma passagem do Bhagavad Gita e outra do Talmude ao som de tambores africanos entre goles de infusões psicodélicas e hóstias consagradas, o dever da alma confusa — ela imaginou-se dizendo isso ao Xaveste, quase como uma consulta online ao filósofo que se contesta e se admira, e ele talvez perguntasse o que é um lance de búzios, talvez ele dissesse *búcius*, em busca da pronúncia perfeita na aula informal de português, a luta sempre ingrata dos fonemas estrangeiros, *você tem o dom das línguas*, ele lhe disse no primeiro encontro a sós via Zoom, o que ela entendeu como uma gentileza avulsa, porque, ele sim, ao contrário do monolinguismo mental brasileiro (a expressão preferida de Chaves ao falar do país), criou-se num meio cruzado de línguas ativamente em guerra, o catalão, o espanhol, o basco, o francês e o inglês, e mais o refúgio sempre seguro do inglês, o império continua vivo, segure-se nele, e ela pensou, como que do nada, em contar da visita de Albert Camus a um terreiro na Bahia, o Iluminismo redescobre a *autenticidade espiritual* — e ele soltaria uma risada, sim, sim, a tal "autenticidade!", daria para ver as aspas na palavra, não era isso o que todos queriam? A conta dos autênticos, ou dos surtos românticos, ou das raízes imemoriais, ou do sempre irredimível *Volksgeist*, mais uma vez está chegando, e é altíssima. Todos, autênticos, de tacape na mão. Ela fechou os olhos espanando as ideias, é só abrir a porteira e eu vou enlouquecendo: atenha-se à ressaca moral para destrinchá-la parte por parte. Como Jackie, a Estripadora. A pandemia me deixou assim, essa fratura mortal e moral em tudo. A mamata da inteligência acabou, disse-lhe Chaves na última conversa. Entramos na Era do Imbecil, e ele está armado, e sem rir quedaram-se num instante vazio de contemplação do tempo presente, o tempo estagnado e assustador. Você se leva muito a sério, dizia-lhe a amiga. E ela respondeu: Há um outro modo de viver? E a amiga disse: Depende de que planos da existência estamos falando. E a amiga tocou o seu ombro, gentil, o que lhe fez bem: Relaxe. Uma vez Donetti lhe disse, com a ironia costumeira: Você sofre do pecado do orgulho. E ela também respondeu o mantra recorrente, lembrando-se dos destroços do seu primeiro casamento, o impulso feliz que primeiro me engana que eu gosto, e depois me deforma: Há um outro modo de viver? Ela nunca esqueceu a resposta, porque a imagem lhe restou como um quadrinho mental da felicidade cada vez mais rara, ambos nus e soltos e livres na cama: Sim, sob o pecado da carne. Tomar banho, decidiu-se ela, levantando-se súbito, e sentiu uma tontura, um breve pico de vertigem, que venceu sob a água do chuveiro (não é labirinto, garantiu a médica no seu último exame de rotina — falar nisso, faz mais de um ano que não vou lá, mas nessa pandemia não sei se é uma boa ideia ir a um lugar em que todos os doentes vão).

Meu dia sempre começa com um banho purificador; deve haver alguma coisa psicanalítica nisso. Claro que sim: vivemos todos sob forças conspiratórias perenes, as próprias e as alheias. A sombra do fantasma da culpa, um quase nada a picá-la na memória, prosseguia: estou sendo discreta e insistentemente grosseira com o poeta, e ela sorriu diante da fatia de pão da manhã, o prazer da pequena crueldade de deixá-lo sempre em pé diante dela, afastado e seguro de acordo com o protocolo oficial, um mendigo letrado da Corte a implorar no átrio público justiça e migalhas, repetindo por trás da máscara negra as fórmulas retóricas do agrado e da lisonja que se devem à rainha: *Quando minha mãe me colocou diante da porta, que você abriu e sorriu em seguida ao vê-la, na verdade você só viu a ela, era como se eu não estivesse ali, adolescentes são fantasmas, ninguém olha para eles, eles se definem pela ausência viva, eu percebi o fino halo de luz em torno do seu rosto (você estava contra a claridade da janela adiante) e o impacto daquela imagem fugaz gravou-se num padrão de amor, de paixão e de afeto que eu conservei comigo até agora, e sua simples lembrança me deixa feliz; você desviou os olhos dos olhos de dona Gabriela (você já deve ter percebido que eu gosto de espicaçar minha mãe chamando-a de dona Gabriela) e enfim você me viu, quase uma criança ainda, Gabriel* — sim, Gabriel era o nome dele, disso agora me lembro bem, o nome do anjo mensageiro, e da timidez desajeitada, um jovenzinho típico, silencioso, a postura hostil, ou talvez apenas retraída, e à medida que ele fazia o relato ela foi lembrando também vagamente de sua escrita em espelho aqui e ali, e alguns problemas de concatenação que ele mesmo corrigia em seguida com tirocínio inesperado (*Vou confessar*, ele disse, mantendo os dois metros regulamentares de distância de sua mesa no Café, o corpo levemente inclinado, as mãos para trás, humilde, talvez irônico, *às vezes eu errava de propósito só pelo prazer de ser corrigido, você se inclinava tão próxima de mim, os dedos de unhas bonitas sobre a linha do caderno apontando o erro da conjunção adversativa, observe que aqui, Gabriel, o efeito lógico é contrário, você dizia, e pelo menos uma vez nossos joelhos se tocaram sob a mesa, e eu sonhei que tinha sido de propósito*); lembrou também do seu bom domínio das formas do subjuntivo, o que sempre surpreende, e as perguntas que ele fazia já sabendo a resposta baixando os olhos numa vergonha antecipada, e Beatriz olhou para o teto em busca da imagem original, ambos nesta mesma mesa da sala, as aulas à tarde, que eu levava com impaciência, a vizinha Gabriela telefonando em seguida para saber de detalhes numa aflição protetora de mãe culpada, uma chatice — e bem nessa época eu ciceroneava um alemão da Fifa, um ex-jogador de futebol que veio a Curitiba fiscalizar a Arena da Baixada, *relacionamentos líquidos*, definiu a amiga Bernadete, e até hoje Beatriz se recorda do alemão (qual era mesmo o nome dele? ele tinha um parafuso na perna, uma cicatriz imensa, uma tatuagem selvagem e queria se converter à umbanda. Esqueci completamente) junto com a expressão exclamativa, *relacionamentos líquidos!*, aquilo que sacia e se esvai, água geladinha num dia de calor. Homens são isso: água geladinha num dia de calor, e sobra um copo vazio, ela disse em voz alta: eu também tenho a mania de falar sozinha, ela contou tímida ao Xaveste quando ele comentou que pensava o tempo todo em voz alta ao escrever, e ela amou aquela confissão, como se entrassem em outro patamar de convivência, sem a estrita algema profissional (escritores são a tua fraqueza, alguém lhe disse; isso que é falta de sorte, e deu uma risada). Eu sou um primitivo, Xaveste disse. A linguagem para mim ainda é primordialmente oralidade e é uma luta para mim transformá-la num objeto visível antes de audível. É a tortura de quem escreve. Começou quando desenharam o primeirão bisão na caverna. Foi assim mesmo que ele disse? E ela sentiu vontade de anotar as frases, que repetiu na cabeça porque lhe soaram bonitas. *Eu estive na Caverna de Lascaux. Eu me emociono sempre que lembro. Nós estivemos ali.*

E ficaram alguns segundos em silêncio — o *nós* ia muito além deles. Beatriz deu alguns passos até a janela: um dia cinza. Hoje não vou sair, e o poeta que sofra à minha espera: preparar duas aulas online, uma breve reunião da Usina, depois um novo encontro com Xaveste (que ele mesmo marcou, e frisou como se fosse algo importante), e também adiantar a tradução, sempre anotando as dúvidas, na verdade já eram dúvidas de leitora, não de tradutora (ela anotou: o cristianismo e o marxismo oficiais, pela ideia implícita de finalidade histórica inexorável que a sobrevivência política deles exige, são as duas mais bem-sucedidas teorias conspiratórias do mundo, ambas sempre a pleno vapor, das franjas da Europa ao resto do mundo; em comparação, o ideário do islã é um discípulo universalizante forte enquanto a Alt-Right ainda é um bebê aprendiz, porque o seu princípio de finalidade, basicamente regressivo, a busca do avesso tribal do tempo, ainda não é sólido o bastante — o que ele quis dizer com isso? Preciso reler esse trecho no contexto do capítulo, "Ficção, conspiração e princípio de finalidade"), mas antes de pensar nas tarefas práticas, voltou a Gabriel, alimentando agora uma sombra de irritação no tom da culpa que assomava em busca de nitidez sobre o que estava acontecendo de fato. Sentiu (ou alimentou?, ela se perguntaria depois) uma indignação nascente com a forma de seu assédio, o seu modo de instigar intimidades presentes pela memória de supostas intimidades passadas, mas principalmente pela estranheza que beira o autismo, ou a desempatia dos afetos — quem fala coisas assim brutalmente pessoais a um virtual estranho e se declara também tão brutalmente sem censura, um papagaio da própria vida, sem considerar as nuances todas da cultura em comum e do território partilhado, sem nenhuma trincheira de reserva, os pequenos cuidados formais da convivência, a consideração instintiva pela diferença de sexo, pelos pequenos tabus e interdições básicas envolvidas? Não se diz a um estranho *nossos joelhos se tocaram*, como quem diz, *parece que vem chuva*. Só a literatura faz isso, só a ficção, um faz de conta, um mundo hipotético erguido de palavras, não de pessoas reais, de carne, osso, cheiro, calor, que são todas plenas de pontas e problemas e lacunas e vergonhas e reservas — teria o poeta traços de autismo mesmo? Ou já são puro efeito da vida digital, que esvazia o afeto transformando-o em ideia neutra, interessante porém vazia, processo que a pandemia alavancou por mil? Pessoas são logaritmos públicos; não há mais limite entre elas. Hoje, a vulgaridade é uma ética, disse-lhe Xaveste, acrescentando em seguida, quase aflito: não não não, não estou dizendo isso como um aristocrata saudoso de alguma perdida monarquia dos costumes (como espanhol, nem posso dizer isso, porque afinal o rei vive ainda, a bandeira de antanho ainda tremula no mastro ibérico), mas me refiro à vulgaridade como um éthos já dominante, universal e avassalador, e falar mal dela, ou lhe torcer o nariz, tem o mesmo sentido anacrônico, inútil, impotente, de reclamar do advento da internet, da água encanada, do fim da vida nômade, da substituição dos cavalos pelos trens ou dos males da luz elétrica. A vulgaridade tornou-se um valor positivo, uma argamassa coletiva, a consolidação de um rompimento da película da solidão dos afetos. A vulgaridade triunfa sobre tudo e todos, e os desconstrutivistas não podem reclamar, porque se tudo é falso, por que não se entregar, elas por elas, à autenticidade da estupidez? *Sin embargo*, e Xaveste riu, eu preciso me cuidar para não vulgarizar o próprio conceito de vulgaridade, ou a *categoria* (ele frisou a palavra com um gesto de dedos, divertindo-se com ela), para ser academicamente mais preciso, porque o simples vocábulo, tão marcado socialmente, trai um desprezo aristocrático pelo supostamente inculto, e esse desprezo hoje é tão indigno que merece o garrote em praça pública, a forca, o tiro na cabeça. Beatriz sentiu falta da velha amiga para comentar; talvez comentar com o poeta o império contemporâneo da vulgaridade, como um gesto de vingança pelo seu assédio, mas descartou a ideia ao se ver vítima crescente do simples fato de estar sozinha, pandêmica, desejos avulsos se acumulando sobre pequenas carências cotidianas: seria vista apenas como uma velha conservadora indignada com a degradação dos costumes, o cíclico lamento de todas as gerações que envelhecem. Claro, com o próprio Xaveste jamais comentaria: Amigo, é o seguinte: um poeta desconhecido com a metade da minha idade está me assediando. Devo dar corda? O problema é que eu sinto empatia na presença dele, nos gestos, no tom de voz; acho que é mesmo a empatia que parece movê-lo antes de tudo, e não o puro prazer da retórica e da autoexibição; há alguma coisa verdadeira ali ou não? Como posso saber? Talvez ele só queira mesmo falar do pai, e escolheu a mim, a breve sacerdotisa levemente erotizada de sua memória de infância, como ouvinte privilegiada, o primeiro passo que ele dá, ainda cauteloso, para se afastar da mãe antes da independência afetiva completa, que para os homens não chega nunca. E mais o fascínio da retórica: para o jovem, disse-lhe alguém, a descoberta dos torneios da linguagem tem o poder da descoberta do jogo de xadrez, o seu domínio puramente abstrato para quem se imagina predestinado — regras absolutas e indiscutíveis nos limites precisos de um tablado sem nenhum risco de contato humano. Dominar plenamente o jogo de xadrez é o sonho do poder adolescente. O Campeão é sempre alguém que não pode crescer: encerra-se ali. Beatriz sacudiu com força a cabeça, a velha brincadeira de espanar os pensamentos, deixar o cérebro bem *vaziozinho*, a expressão engraçada que costumava usar com a amiga. Sobre o vácuo momentâneo, imaginou o poeta tomando café com ela nesta mesma mesa, fazendo um comentário qualquer sobre uma notícia qualquer da manhã, que ela responderia meio sonada, uma certa paz conjugal preguiçosa e feliz num dia nascente, a beleza tranquila de um quadro impressionista em azul e amarelo que ela chegou a ver na parede fixando para sempre o seu estado de espírito, e sacudiu de novo a cabeça, agora imaginando no mesmo lugar o Xaveste, e a imagem lhe pareceu mais sólida, um quadro de contornos bem nítidos, com toques hiperrealistas e um tom sombrio dominante, as clássicas formas da Razão. Cada ideia! — e ela riu. Pensou em assistir alguns noticiários da tevê para tentar descobrir quem seria o milionário pai de Gabriel, o homem da loteria cujo nome ele jamais pronuncia e ela se recusa a perguntar, para não dar nenhuma corda suplementar à invasão; era uma curiosidade puramente profissional, defendeu-se, mas a piada insinuou-se irresistível, talvez ele seja melhor que o filho, belo, rico, respeitável, famoso, quem sabe uma barba grisalha: a quem contar? Afinal, a história era boa. No computador, entre comunicados da Usina e do Batista, leu um e-mail do colega Cândido, pirata caseiro da internet, enviando-lhe o link para baixar um filme alemão, *Lara*, sobre uma mãe com talento musical esmagada pelo filho e pelo marido. Eu acho que você vai gostar, ele escreveu. Ela não entendeu a referência — por que eu vou gostar?! —, mas agradeceu rapidamente com um bilhete, *vou ver sim, obrigado!, suas indicações são sempre boas*, :), e clicou o botão de envio para não perder muito tempo. Cândido era esquisito (ele sofreu uma depressão pesada com a morte da mãe, contou Batista), mas boa pessoa, o tipo do cara que está ao seu lado e é como se não estivesse, ele não pesa, isso é uma dádiva, disse-lhe alguém ao café a troco de nada, e era como se houvesse implícita no ar (nos velhos tempos pré-pandemia) a sugestão de que foram feitos potencialmente um para o outro, dois soltos no mundo se esbarrando por acaso, e ela pegou aquilo no ar e quase respondeu de pronto, sim, sim, só que da potência ao ato vai uma boa distância, já ensinava Aristóteles — mas o duplo sentido que talvez emergisse a inibiu. Eu sou tímida em voz alta e atirada em silêncio, como se o corpo me levasse, imaginou ela. A pulsão do afeto, do sexo, do toque da pele humana, a sua redenção implícita: como é bom, e quanta besteira já fiz por causa dela!, e Beatriz viu-se a repetir este seu velho lugar-comum a alguém. Largou a louça do café da manhã na pia da cozinha e retomou rapidamente a tradução para não deixar escapar o surto de animação que lhe bateu, vários parágrafos avançando suaves, sem tropeços, como se Xaveste escrevesse em português, e Beatriz sentiu-se bem pelo avanço do trabalho. Diria a Xaveste: acordar é sempre um pequeno choque depressivo para mim, uma espécie de "onde estou?" (e ele acharia graça), mas em pouco tempo me recupero e a manhã é salva pelo trabalho. Com você é assim? Queria conversar com ele sobre o conceito de finalidade, o princípio de finalidade, *la ficción filosófica que rompió para siempre la circularidad del mundo antiguo*. Eu não tenho finalidade, Beatriz disse em voz alta, eu não vou para lugar nenhum, com a neutralidade tranquila de quem avalia uma premissa da qual necessariamente deve decorrer uma conclusão, mas que lhe escapa no lance mental. A resposta sempre está em algum lugar, o pai costumava lhe dizer brincando nas discussões caseiras, como se a resposta fosse uma tesoura, a fita-crepe, o controle remoto da televisão. Procure que você acha. A imagem do poeta voltou-lhe à cabeça, e — conferindo a hora, dez e meia — imaginou-o no Café à procura dela, quem sabe aflito, perguntando à Sueli (mantendo a distância regulamentar com a elegância de um samurai) se a moça loira com o computador não tinha aparecido hoje, o nome dela é Beatriz, e Beatriz sentiu um pequeno prazer na evocação imaginária. Amanhã eu vou lá, desfazer minha má impressão: por favor, eu preciso trabalhar, eu disse a ele, a voz mais seca ainda pela barreira da máscara. Então, por que voltar? Porque, apesar de tudo, eu gosto de ouvi-lo. Está em Boccaccio, que ela andava lendo aos poucos para escapar da peste, uma novela por noite, histórias ingênuas, saborosas e transgressoras para fugir da morte, e havia sublinhado o trecho para comentar com Xaveste — as frases devem morder quem ouve como as ovelhas mordem, com suavidade.

Bom dia, Beatriz! Ou devo chamá-la de professora Beatriz? Não, com certeza não: o evocativo professora coloca uma barreira severa, o peso da relação hierárquica consentida de comando e obediência, o que, é claro, só existiu naqueles poucos meses de aulas em que, de alguma forma, fui me tornando adulto e criando a imagem definitiva da minha musa. Uma imagem tão sólida, tão consistente, tão real que, pelos mistérios da alma, se manteve inalterada até hoje. Vê-la subitamente aqui na semana passada, bela e solitária trabalhando em mais uma tradução, foi como a retomada de uma epifania de origem, que suprime a distância do tempo — afinal, há quanto tempo não nos vemos? — como nas narrativas antigas, em que as mais loucas peripécias dos heróis que se afastam por anos e anos, viram escravos, morrem e ressuscitam, passam fome, miséria e solidão, são espancados, crucificados e perseguidos em fuga, naufragam e sobrevivem, nada disso modifica uma vírgula do amor que os une e não causa o mínimo arranhão na pureza original das almas. Acho que é o nosso caso. Tudo bem: o meu caso — desculpe. Foi só força de imagem. Perdão. E a sensação se reforça mais ainda por rever você neste exato momento da minha vida, depois do milagre do meu pai, que eu ainda não absorvi inteiramente. Não não não, por favor, me desculpe — veja minhas mãos ao alto, sinceras: é que encontrar você depois de três dias, assim que eu entrei no Café esta manhã, quando eu já pensava o pior, ela não vem mais aqui, não vou mais encontrá-la, ela não aceita minha presença, ela não quer mais conversar comigo —, pois revê-la me deu uma euforia emocional irresistível, e falar é a minha forma exagerada de fechar as pontas irresolvidas do mundo; eu sou assim. É difícil deixar esse fio solto para trás. Perdão: sim, o problema é meu, não seu, mas fico feliz só em pressentir que você, afinal, não fechou todas as portas e até parece animada atrás da máscara. Minha mãe sempre diz que eu sou engraçado, uma palavra de muitos sentidos, a maior parte num tom positivo. Você é engraçado, ela diz. Peculiar, diferente, original, e às vezes esquisito, é claro, como todo mundo. Não se preocupe, Beatriz, por favor — eu já vou sair e deixar você sossegada. É o tempo de você beber o café que a moça está trazendo — sim, é Sueli o nome dela —, e eu explico o que meu pai me disse quando ganhou na loteria e a vida dele virou do avesso, no bom sentido. A dele e a minha. E, por tabela, a da minha mãe, é claro. Fazer tudo que eu não fiz, ele disse: corrigir meus erros. Foi quase uma epifania de soberba e arrogância: ele pretendia nada menos que "retificar a existência"! E meu pai passou a acreditar nisso. Não é incrível? Ele me falava com a determinação dos profetas: equilibrar a vida da tua mãe, que, como todo mundo, não merecia passar o que passou; e principalmente encaminhar você para a vida da melhor forma possível, que é tarefa dos pais. Como só a tua mãe carregou o piano até aqui (não que você seja um piano muito pesado, ele brincou, você é leve, um talismã secreto da minha vida, ele chegou a dizer, fazendo má poesia com o próprio filho), agora é a minha vez, disse ele. Estou atrasado nas minhas obrigações paternas, é verdade, mas o dinheiro recupera rapidamente o tempo perdido e a moral fraturada. Beatriz — posso chamá-la assim, certo? É um nome tão bonito! — Beatriz, você se lembra da teoria do medalhão, do Machado de Assis? Claro que sim: você me deu uma aula maravilhosa sobre o conto; estava na lista do vestibular naquele ano. Lembro que, ao saber que eu já tinha lido quase tudo do Machado, você perguntou, a entonação animada: então você gosta de ler?! Fiquei muito feliz em dizer sim a você, agoniado por mostrar minhas qualidades insuspeitas, e balancei várias vezes a cabeça como um cachorrinho obediente esperando recompensa, mas você não foi adiante na conversa, disse apenas um "que ótimo" acompanhado de um sorriso protocolar e voltou aos detalhes técnicos da ironia machadiana, desviando o olhar para o texto. Você chegou a citar Sterne, e eu, sem sentir o golpe e sem desesperar, anotei o nome na memória para correr atrás dele e novamente me exibir com você quando possível. Onde a teoria do medalhão se encaixa? Pois bem, anos depois daquela aula — isto é, há poucos meses, algumas semanas antes da chegada da peste, na virada de 2019 —, já formado e trabalhando (o que é outro capítulo: explico depois), anos depois fui para São Paulo conversar com o meu pai novo-rico, ou recém-milionário, a convite expresso dele, o que era muito raro, num hotel maravilhoso (é a parte fria do reencontro, digamos assim, porque, afinal, eu sei que ele tem um apartamento grande, uma mulher bonita (eu vi a fotografia que ele tirou da carteira para me mostrar; é arquiteta, o que por alguma razão inexplicável irritou ainda mais minha mãe quando eu contei), uma filha pequena, de cinco ou seis anos, e um enteado de onze ou doze, e ele bem que poderia ter me levado direto para lá, pai orgulhoso, este é o meu primogênito, vejam que jovem bonito, inteligente e elegante! Escreve lindos versos, ele poderia acrescentar. Mas não reclamo — meu pai deve ter tido lá suas razões para me esconder num belo hotel próximo da Paulista neste primeiro momento, até por ser um rico novo, inabituado ainda ao básico de sua nova vida, a tabela de etiqueta de como devemos nos comportar quando temos muito dinheiro; o lado bom da coisa compensava essa pequena mancha afetiva, por certo passageira). Como eu dizia, hotel de primeira mais passagem de avião, é claro, com o retorno já prudentemente marcado para dois dias depois, e ele mesmo foi me buscar em Congonhas. Feito criança, eu até imaginei que ele estaria à espera no saguão com uma plaqueta com o meu nome, SR. GABRIEL, só de brincadeira para eu me sentir mais importante ainda, uma bobagem. Lá estava ele e o abraço meio afetivo e meio tenso de sempre, o jeitão teatral, e ouvi o seu clássico e aí, cara, tudo bem? mas bah, parece que tu cresceu, o sotaque gaúcho que ele retoma como quem tira a gravata (ele é de Uruguaiana; sou fronteiriço, ele gosta de dizer num tom quase de ameaça), e me arrastou para o estacionamento, perdendo-se nas vagas até reencontrar o carrão cheiroso de tão novo. Eu entrei de cabeça na sintonia do encantamento, com um toque caipira de felicidade. (É uma expressão que minha mãe antigamente usava para xingar meu pai: ele pensa que nós somos caipiras, o idiota. Ele se acha o máximo nas mesas-redondas em rede nacional, cagando regra para o mundo — desculpe a expressão, Beatriz, minha mãe, quando braba, é… você entende. Ela solta os cachorros. Mas às vezes ela vê meu pai na tevê espicaçar educadamente algum canalha da política, o presidente da Câmara, o filho da puta do ministro da Economia, a débil mental da, até esqueci o nome, minha mãe vai se enfurecendo, o teu pai até disse pouco, e elogia-o numa concessão: o desgraçado está certo, ela diz, contrita, o jornalista tem de manter a elegância mesmo diante desses imbecis, e toca meu braço, como quem quer passar um bom sentimento adiante.) Então, voltando ao Machado: nesta viagem mítica a São Paulo eu vivi minha própria teoria do medalhão, mas felizmente às avessas. Em vez de prever para mim algum perfeito encaixe do parasita no sistema político, o sanguessuga de gravata — já que eu não sirvo mesmo para nada, por que não virar deputado, senador, conselheiro de estatal, ministro da Pesca, cônsul honorário, algo do ramo, um papel qualquer digno, tranquilo e bem pago, que dê um colorido na existência e encha as burras sem atrapalhar a vida de ninguém —, meu pai sonhou para mim justamente o contrário: o que eu deveria fazer para escapar da mediocridade, sendo alguém de qualidades, segundo ele, muito especiais, acima de qualquer média. Você é poeta, ele disse; na verdade, pelo tom de voz, eu escutei a frase como uma decisão irrecorrível: *você é poeta*. Foi o momento em que eu senti a responsabilidade definitiva da minha vida: você é poeta. Não é fácil ouvir isso. Aquilo soou — assim que percebi que não era uma brincadeira, uma gentileza, uma metáfora solta do bem, uma bobagem de pai, um talento inconsequente que se apregoa numa reunião de amigos, meu filho é um gênio, escreve versos, nada disso — aquilo soou metálico, uma acusação irrecorrível: você é poeta. Ele fez um silêncio estratégico — estávamos entalados num engarrafamento logo à saída de Congonhas, e depois de um minuto, ambos ouvindo o ronronar suave do ar-condicionado e buzinadinhas de moto em fuga como um concerto de vespas, *pibi pibi pibi*, meu pai fez, em voz baixa, observações genéricas sobre o trânsito da cidade, comentando o rodízio de carros, a hipótese da chuva e o horário (essa hora é triste, ele disse), tudo como um nítido preenchimento vazio na paisagem cinza, um tom vagamente professoral, uma condescendência gentil, São Paulo precisa ser explicada aos novatos, essa cidade é um mundo, enquanto o *você é poeta* pairava soturno entre nós. Como podemos resolver isso?, ele parecia perguntar sem perguntar. E — tudo bem, Beatriz: perdão: veja minhas mãos ao alto. Sim sim sim, você tem prazo a cumprir, é claro que entendo. Eu só — desculpe. Sim sim. Outro dia. Entendo.

Um dia produtivo, concluiu Beatriz, a tonalidade mental mais inclinada ao desejo do que à verdade, o *produtivo* soando como uma afirmação de autoajuda: a quarentena nos enlouquece; estou em permanente lockdown pessoal, não saio de mim mesma, ela planejou dizer ao Xaveste, que veria daqui a uma hora, todo gesto e desejo parece que se trava na pele assim que surge na cabeça. Lembrou-se do lockdown de Madri, que ele descreve com irritação e graça, fazendo um humor amargo da tragédia, o sabor pitoresco das entonações do espanhol da Espanha ouvido por uma brasileira. A mesma alegria crítica, ou fatalista, com que ele num momento comentou a derrocada do Barcelona, e ela perguntou, ingênua, *quem?*, Barcelona, *el equipo de fútbol*, ele explicou com o jeito quase irritadiço de quem repete o óbvio, e Beatriz desconcertou-se tímida diante do filósofo torcedor, ah, futebol, entendi, e balançou a cabeça, compreensiva. Você gosta de futebol, ele perguntou, e ela respondeu um *não muito* mais gentil que verdadeiro, vindo-lhe à memória a imagem do pai levando a filha à Baixada para ver uma decisão do Athletico, sua última lembrança viva do futebol, além do velho porta-chaves preto e vermelho, o escudo CAP com as letras trançadas que ela mantinha nas cozinhas por onde passou depois de adulta. Nunca mais viu um jogo na vida, talvez porque o futebol se tornou o território dominante do irmão. Sacudiu a memória da cabeça e voltou aos cálculos: foi um dia produtivo mesmo, ela decidiu — deixe de ser pessimista. De manhã, três páginas de tradução, o trabalho voou assim que o poeta finalmente a deixou trabalhar, a digitação rápida para compensar o tempo perdido — *a promessa de redenção da última revolução tecnológica, pela inesperada ausência de qualquer centramento epistemológico, produzida pelo puro acaso dos dados digitais, desconstruiu de facto a elegância filosófica abstrata do relativismo de casaca. O que se chama de desconstrução realiza- -se com uma eficiência e uma rapidez que nem o mais louco Derrida imaginaria.* O café frio nos lábios e ela ergueu o braço para Sueli trazer outro. Talvez conversar com a Sueli só pelo afeto do contato, o Gabriel me atrapalha todas as manhãs e estou atrasada, a queixa cordial que se faz de um velho conhecido, boa gente porém importuno, mas isso poderia soar absurdamente como se a culpa fosse da funcionária por deixá-lo à solta no Café. *Busca-se um centro de valor que se tornou miragem. Os chamados fatos alternativos não nasceram com Trump; o pedigree deles é mais fino.* Não, *pedigree* não dá aqui: não invente o que não está escrito, a primeira lei do tradutor. *A sua linhagem é mais refinada.* O cara fica plantado ali na minha frente abrindo a vida dele. O que fazer? Eu ainda não o convidei para sentar, não abri a guarda, ele que fique em pé, e distante, com segurança. E você tem certeza de que não dá corda, alguém poderia perguntar. Sim, é verdade que, para não parecer agressiva demais, comento uma coisa ou outra, em monossílabos, para ele pelo menos pressentir na minha aura o sorriso amarelo que se esconde atrás da máscara. Mas ele parece não sentir nada: uma pessoa unidirecional, como todos os fanáticos e os apaixonados. Afaste-se dos poetas, dizia-lhe Donetti, com rancor e humor prosaicos. São tribais, agressivos, arrogantes e excludentes, mas são simpáticos ao primeiro toque — esse o perigo. Cuidado com eles, insistia, alguém que descreve uma variedade de *rottweilers* especialmente agressiva. De uns meses para cá Donetti voltou a lhe telefonar, a intervalos civilizados — alguém que, muitos anos-luz depois, retorna de Júpiter com boas novas. Mas já era um outro tom: *Você me conhece como ninguém, Beatriz. E eu sou outra pessoa agora.* O recorrente sonho inútil: ser outra pessoa, desembarcar do destino. Súbito Beatriz se deu conta do quanto ele era mais velho do que ela, nos tempos da paixão. A figura paterna é poderosa; não é fácil romper — ela lembrou da frase que ouviu de alguém, quando se separaram. Agora, próximo dos setenta, ele queria apenas conversar de vez em quando; aparentemente nenhuma sedução estava mais no horizonte, narciso em cacos. Estará com alguma nova mulher? Provavelmente não, ou não ligaria para mim. Depois de dois livros fracos que passaram em branco, e de um romance sobre a velhice com "surpreendente poesia", como disse um crítico, ganhou um prêmio inesperado da Academia Brasileira de Letras pelo conjunto da obra, um bom dinheiro, o que o deixou numa alegria de Lázaro — *não aguentava mais receber homenagens grátis, medalhinhas de honra ao mérito, convites-cilada e lítero-obituários elegantes. A única desgraça é que para receber a grana da Academia vou ter de fazer um discurso. Nada é de graça nesse mundo.* O discreto veneno do humor parece que ressuscitava do éter, por alguns segundos, aquele Donetti que ela amou tão intensamente. Não se distraia, Beatriz: preste atenção na reunião. Essa pandemia vai longe, disse Batista no quadrado do Zoom, no encontro virtual da Usina, mas por enquanto vamos manter o mesmo sistema de aulas e remuneração, e percebeu-se uma alegria mais ou menos contida nas três filas de retângulos. Por enquanto, sem demissões. Teve um caso grave de covid na minha família, contou uma professora. Meu tio está na UTI. Cândido rabiscava alguma coisa, sem levantar a cabeça (atrás dava para ver uma pilha de roupas como que escorrendo de uma cadeira), e Beatriz se lembrou que ainda não tinha respondido ao seu e-mail com o link de download de uma série policial polonesa, *O princípio do prazer*, ou *Geometria da morte*, na versão francesa — *mulheres aparecem mortas e mutiladas em Varsóvia, Praga e Odessa, e num dos episódios tem uma citação cinematográfica da cena famosa do Eisenstein nas escadarias, o carrinho de bebê do* Encouraçado Potemkin. *Você quer uma cópia? Eu tenho esse aqui também.* Alguém perguntou quando a merda do vírus vai embora e alguém rebateu só quando a merda do governo acabar, e Beatriz aproveitou para escrever ao Cândido na janelinha do e-mail, calculando o tom da frieza entre o gentil e o distante, *eu ando meio sem tempo para filmes, mas mande sim, que eu vou guardando aqui, obrigada!* — e em seguida ergueu a mão, *pessoal, preciso sair agora*, e a colega Márcia disse, *não esqueça da máscara!*, e ela riu, *quem dera fosse reunião na rua, é outro encontro profissional na telinha, tenho de entregar uma tradução, beijos a todos*, e apagou o retângulo. Na sala, afastou a mesinha de centro para uma sessão de alongamento antes do encontro com Xaveste — dá tempo, ela conferiu no relógio da cozinha. De olhos fechados, começou a sequência de exercícios que já sabia de cor, sentindo-se mais e mais relaxada. Gostava de ficar na ponta dos pés e pouco a pouco, erguendo a cabeça em câmera lenta, tentar tocar a película do céu com a ponta dos dedos, como explicava, num toque poético, o manual de tai chi chuan que comprou uma vez. Talvez eu esteja criando uma fantasia excessiva, ou compensatória, com o Xaveste, mas Beatriz apenas respirou fundo, deixe de bobagem, e veio-lhe à cabeça o decálogo das vantagens da solidão, um meme repassado por WhatsApp cujo primeiro item era *Quem não tem filho é milionário*, memória que se misturava com a queixa que o Hoffmann, funcionário novo na Usina, deixou escapar com uma autenticidade hilariante ao reclamar numa reunião de uma consulta médica, *Puta que pariu, como filho custa caro!*, o que pelo sotaque e pelo engasgo da fúria soou *Puta que parriu*, o que virou imediatamente piada caseira entre os colegas, o *puta que parriu* servindo de escape universal para queixas de balcão de cafezinho, *puta que parriu, que governo filho da puta.* Dedos na película do céu, Beatriz expirou o ar represado, começou a descer à Terra e abriu os olhos. Ao se voltar, viu a metade de um envelope branco em diagonal sob a porta.

Voto de silêncio

Para Beatriz

Ela decretou voto de silêncio:
"Muito barulho por tudo".

Um de cada lado, eu tenso
reflito, quieto e mudo.

Hora de parar. Vai fazer bem
ficar longe do que é bom

mas que, de fato, desfoca.
Consideremos, que sem

a presença dela, o som
da voz, essa aura que toca

minha vida é mais tranquila,
e talvez bela. Calado,

sair, seguir pela vila
e à sombra, sem o malvado

sentimento que atormenta
e que, em um minuto,

some e volta e atenta
e contra o qual eu luto

com este voto de silêncio.
Não, não há ciência

que resolva. Nada brilha.
E por mais que ande à toa

eu não vejo o fim da trilha
nem a paz sonhada e boa.

Você lá, eu aqui, ela disse.
O que fazer? Eu obedeço.

Máscara, nariz e boca,
tripla pandemia louca.

Basta porém mais um passo
e eu inteiro me esqueço:

a alma indócil é presa fácil.
Estou sempre por um triz,

como quem desata um laço:
fale comigo, Beatriz.

O poema impresso era assinado por um simples *Gabriel* manuscrito, o R maiúsculo solto e espelhado ao meio que tanto podia ser indicação de síndrome quanto o charme gráfico de uma assinatura — a letra ainda incerta, um toque infantil na insegurança das curvas, talvez de quem há anos não escreve à mão, a caneta pesando nos dedos, ela pensou ainda em defesa, sob um pequeno choque — leu e releu os versos e, vencendo uma resistência instintiva, acabou sorrindo: ele pode não ser o gênio que o pai imagina, mas tem humor, o tom feliz de uma brincadeira. Avaliou a técnica: métrica escolar, cesuras nem tanto, ritmo em soluços. Qual foi a última vez que me mandaram um poema? — perguntou-se, tentando pensar em direção contrária ao sentimento imediato. Ainda nos tempos de colégio, no Santa Maria, lembrou, prosseguindo a fuga. Sentiu desejo de contar para alguém, um orgulho brincalhão da própria importância: pois me mandaram uma poesia! Você acredita? Largou o papel e conferiu novamente o relógio: chega de brincadeira — hora de falar com o filósofo catalão. Foi ao banheiro fazer xixi e lavar o rosto — a cara lavada ao espelho, resolveu passar uma sombra e um batom discreto, e ajeitou o cabelo. Olhou de um lado, olhou de outro: preciso cortar. O cabelo curto fica bem comigo; o longo, se não cuido, me deixa com cara de senhora precoce. Conferiu o resultado. Considerando a pandemia, estou bem sim. Bonitinha, como alguém uma vez lhe disse, e ela ficou chocada, porque sobrava uma reticência irônica, bonitinha mas ordinária. Não se distraia, Beatriz.

Sacudiu a cabeça e o cabelo ficou bem. Gabriel é apenas uma criança, e um narciso condenado pelo pai a ser poeta. Como vai ser o fim da história? Eu que interrompi, ou foi ele mesmo, como se pressentisse algum interesse secreto que deveria ser cultivado? Lembrou-se de Simão da Villa, o bobo de Boccaccio mais rico de bens paternos que de ciência. Será Gabriel um Simão da Villa? Não seja cruel, Beatriz, e contrita — não, Gabriel não é nenhum tolo — ela se banhou sincera de um sentimento solidário difuso, a sensação de quem em alguns instantes se vê numa situação emocional vantajosa, as cartas na mão, um terreno livre, um dia que começa, alguns passos à frente, um *surplus* de saber ou simplesmente uma boa reserva de provisões na caverna, como diria Xaveste — eu me sinto *segura*, talvez seja esta a palavra exata. Pessoas seguras devem ser generosas. O escritório bagunçado, desta vez preferiu ajeitar o notebook na mesa da sala, calculando a luz da janela no rosto e o enquadramento, no fundo, de um trecho do sofá e de uma reprodução de Cícero Dias na parede, a mulher nua planando no céu verde, sobre um horizonte de casinhas coloridas, imagem que ela amava, um bom cenário para conversar com o amigo — a essa altura, já eram amigos, as palavras indo aqui e ali além do cercado apenas profissional, mas de qualquer forma Beatriz tinha em mãos a lista de dúvidas de tradução, uma âncora de segurança a que voltaria se em algum momento sentisse desconforto. Sim, ele está flertando comigo, nenhuma dúvida; já são dois agora, um poeta e um filósofo, Rilke e Nietzsche. Donetti não conta, caso encerrado, e Chaves, o desastre, voltou a ser apenas o editor que contrata, duas pessoas que se necessitam profissionalmente e que enfim separam as coisas — nunca mais insinuou uma mínima vírgula. Depois que ela voltou de São Paulo sem aviso prévio, chega, já deu — o que certamente o deixou aliviado, de novo livre —, voltaram aos e-mails não por Chaves, mas porque o próprio Xaveste exigiu Beatriz para tradutora do novo livro e intérprete no Fronteiras da Razão, *eu confio nela*, ele teria dito segundo o próprio Chaves, admirado talvez da simples força da confiança, e quando o vírus explodiu, suspenderam-se os projetos e o tempo ficou imóvel. Paralisamo-nos todos. Inclinou-se na cadeira e conferiu o relógio da cozinha — faltam dois minutos. É engraçado isso: alguém que se espera no monitor. Lembrou dos encontros arranjados e negociados dos judeus ortodoxos, que viu numa série, conversas prévias entre homem e mulher num saguão neutro de hotel para um possível noivado e casamento, em que se bebe apenas água e ninguém se toca, o rigor absurdo de uma pré-história congelada — todas as formas da vida, todos os gestos, sinais e palavras desenhados e fixados para sempre no ritual obsessivo de um eterno retorno ao tempo da Torá. Todos somos assim, obcecados pela imobilidade redentora? Ela pensou: as mulheres pelo menos podem variar a cor da roupa sob a peruca ridícula; os homens são sempre as mesmas figuras em preto e branco com mechas simétricas de cabelo e — mas o link do Zoom abriu-se e a figura sorridente de Xaveste apareceu, a camisa branca de gola e botões, um fundo neutro com um Miró à direita e uma estante de livros à esquerda, *¡Hola, Beatriz! ¿Como estás? ¡Qué bueno verte de nuevo!*, e Beatriz sorriu, *Tentando não enlouquecer sob a pandemia. Ainda bem que tenho trabalho, bastante trabalho, o que me mantém ocupada*, e ela levantou o bloco de anotação das dúvidas de tradução, como a provar o que dizia. *E mais as aulas*, acrescentou, *que sempre são um modo de encontrar pessoas, de conversar um pouco. E, é claro, sempre precisamos ganhar dinheiro*, e ele concordou, *sí, sí, es muy importante, lo más importante de todo*, e ambos sorriram, Beatriz sentindo-se anormalmente loquaz, como se temesse algum súbito e constrangedor intervalo de silêncio, que afinal veio depois da troca solta de frases gentis, estudando o adversário, como alguém uma vez lhe disse sobre pessoas que se querem mas não se conhecem, sim, a sensação é essa mesmo, você nunca sabe onde pisa, a conquista é um dos capítulos clássicos da guerra, aquilo que nos move adiante no terreno alheio, a fala é uma arma, na verdade apenas alguns segundos em que Xaveste inclinou a cabeça, interrogativo, testa franzida, o olhar desviado em direção a algum ponto no infinito, que se voltou de repente a ela: *¿Nunca has pensado en escribir?*, e o inesperado da pergunta ruborizou-a no mesmo instante, a velha síndrome de sensitiva que ela nunca conseguiu vencer, a pele me trai sempre que tocada, uma vez ela disse. A pele e a linguagem, companheira e traidora, ela mal pensou antes de responder à hipótese absurda e no fundo desejada: *Escrever?! Não, não, nunca pensei! A tradução já é trabalho suficiente para me enlouquecer*, o rosto ainda vermelho, e então, picada pela dúvida, franziu a testa: *Você fala de escrever ficção, literatura, certo?*, e ele concordou, *sim, sim, escrita de arte, não de ciência e de busca de certezas, esta coisa aburrida que eu faço*, ele brincou, avançando num crescendo retórico com um toque farsesco, *às vezes eu sofro de pesadelos argumentativos, acordo no meio da noite como um* dibujo *alucinado de Goya, todas as premissas, causas e conclusões voando circularmente em cacos no espaço sem nenhum ponto fixo no chão, um sofrimento de abismo e queda e pânico e vácuo que o ficcionista jamais sentirá, porque o mundo dele já é paralelo por princípio de sustentação, ali estaremos para sempre seguros. E então?* — ele parou súbito, sorridente e sério, à espera, e Beatriz, voltando devagar à segurança, o rubor desaparecendo, disse *não, não, jamais pensei em escrever literatura — acho que*, e ela buscou uma boa explicação, sem encontrar, porque, de fato, pensava sim, de tempos em tempos, em escrever pequenos relatos tomando por base sua experiência, sua própria vida, escrever não para representar o mundo, mas a si mesma, *acho que nunca senti desejo verdadeiro de fazer ficção; convivi com muitos escritores e sei o peso que é escrever, a viagem sem volta*, e viu Xaveste balançar a cabeça, sério, alguém que não acredita no que ouve mas recebe com cuidado as palavras para entender as razões, até que ele disse, *bem, é preciso alguma coragem para sentir desejo* — vale decir, corrigiu-se imediatamente, de modo a contornar um possível duplo sentido, imaginou Beatriz, *coragem para sentir desejo de escrever*, e ela concordou imediatamente, *sim, sim, escrever não é um ato leviano para quem ama a literatura*, mas arrependeu-se de dizer, sentindo a frase postiça demais, mas Xaveste parecia pensar em outra coisa e disse de um estalo: *A literatura deixa tudo nítido. É isso que é maravilhoso nela. Mesmo o maior caos fica visível e controlado quando escrito. Por alguma razão, cada vez que converso com você eu sinto que você tem este talento: deixar as coisas nítidas*, e ela sentiu um choque, surpresa, como quem descobre em si mesma uma qualidade secreta, *Eu?! Nítida?! — puxa vida, é a primeira vez que alguém me diz isso! Eu sou uma pessoa tão —* e a ideia de nitidez como que bateu forte em Beatriz, sim, talvez ele tenha razão, a nitidez é o meu problema — *sou tão* — mas sentiu que aquela conversa solta já havia cumprido seu papel de deixá-los à vontade e não concluiu a ideia, temendo enveredar pela confissão. Hora de trabalhar — mas Beatriz, absurda, pensou em contar ao Xaveste da poesia que recebera e dos encontros com o poeta, e mesmo em comentar a qualidade estética do seu presente, veja, ele não é tão ruim, são versos heptassílabos com cesuras irregulares mas com assonâncias e rimas até bem resolvidas, que o tom de humor absorve e absolve, ela escreveu mentalmente, gostando da imagem: tem algum rigor ali, é verdade que esforçado, mas sempre é rigor; o desejo é o de menos. Como na vida: fruto do esforço ou natural, o rigor é que é importante. Sacudiu a cabeça — não se distraia, Beatriz — e pegou o bloco das dúvidas: *Vamos ao trabalho, Xaveste*, como quem diz brincando, pare com essa bobagem de me tornar escritora, mas de qualquer forma obrigada pela gentileza. *Sobre a fantasia hereditária, perdão, identitária, onde estou com a cabeça, no capítulo 4, aquela sequência sobre o mito da ancestralidade e o peso coercitivo da cultura, quando você cita o geneticista Adam Rutherford, o "somos todos africanos".* Ela se lembrou da colega negra — a única da turma de inglês num mar de polacas — que, numa conversa ao acaso sobre racismo e que enveredou sobre o sentido ambíguo da mestiçagem brasileira, disse a ela com um tom tranquilo e firme: *Você não tem ideia, Beatriz, do poder da cor da pele, num sentido e noutro, no mundo dos brancos, que é o seu. Você não tem ideia. Levantar de manhã, passar o dia e ir para a cama com esta cor* — e ela mostrou o braço, o contraste ostensivo com o braço de Beatriz. *É o peso da cultura cotidiana. Você não tem ideia do emaranhado que vai aqui nesse contraste.* Houve dois segundos de silêncio, as duas em suspenso, contemplando sem julgamento um fenômeno curioso da natureza, braço branco, braço preto, dois objetos avulsos pertencentes a ninguém, e Beatriz enfim respondeu, tentando escapar do desconforto de simplesmente verbalizar a presença da cor, *justo pelo seu emaranhado*, ela pensou em acrescentar. *Eu tenho ideia sim. Mas concordo com você: talvez eu tenha apenas ideia. Não é o suficiente, eu sei. O problema é que é só com a cabeça que eu posso contar.* Pensou em consultar Xaveste sobre a célebre e enigmática frase de Wittgenstein, que por algum labirinto da cabeça veio à memória: Sobre aquilo de que não se pode falar, deve-se calar, e no mesmo instante lembrou-se da piada de Chaves: isso foi só um desabafo de mestre-escola contra as besteiras de alunos analfabetos — lembre que ele deu aula na roça austríaca para filhos de camponeses e teve problemas sérios com a direção por distribuir cascudos na gurizada. *Eu nunca seria uma filósofa — na verdade, não tenho nitidez nenhuma.* Na tela do Zoom, Xaveste conferiu no original o trecho sublinhado: *Ah, sim! O que quis dizer aqui sobre o culto da ancestralidade é que não posso assumir uma culpa transcendente, como entidade além do indivíduo (é possível dizer em português "transpessoal"?); não se trata de um salvo-conduto da existência, ou de uma espécie de certificado de imunidade, como se diria hoje na pandemia*, e Xaveste sorriu, *de modo algum; trata-se apenas de demarcar que o limite da minha culpa é o limite dos meus atos. Ultrapassada esta linha, retornamos à barbárie.*

Bom dia, Beatriz. Devo uma explicação a você — por favor, um minuto só, com toda a segurança, em pé, de máscara, sob a distância regulamentar, perfilado e contrito como num cumprimento japonês (eu acho bonito esse gesto, as mãos postas, a inclinação da cabeça). Eu poderia ficar lá na mesinha junto à estante de livros, tomando meu café em silêncio, como toda manhã, platônico, mas a visão de você sozinha aqui, a quinze passos de mim, trabalhando no meio desse pátio vazio sem que pelo menos eu viesse explicar a minha invasão — isto é, não minha presença física, mas o poema que eu deixei debaixo da sua porta. Foi um impulso que me levou ali, noventa por cento pelo afeto amoroso, a minha paixão por Beatriz, e o quanto me dói o seu pedido (um pedido indireto, mas claríssimo, eu leio mais as entrelinhas do que as linhas, sempre fui avoado, você mesma me disse isso anos atrás quando errei a concordância de um sujeito posposto, mas não um avoado sem foco), o seu pedido de que eu me afaste, de que eu não converse com você; e dez por cento um desejo, ou talvez um orgulho, de provar que sou, de fato, um poeta. Essa linguagem eu sei que você compreende: você pode resistir ao poeta, mas não resistirá ao poema, foi o que sonhei, e um levaria você ao outro pela mão, ou pelo verso. Eu tenho de convencê-la de que, de fato e de direito, sou um poeta, ou tudo mais que eu diga vai desabar. Assim, a pura vaidade de burilar meus versos — eu me senti um parnasiano de cinzel na mão desbastando cada verso até que ele se encaixasse no ritmo e na sonoridade que eu queria, o toque de humor (eu imagino que é por ele que alguém pode conquistar você) por trás do desejo, uma franqueza alegre — essa vaidade era só meio, e não fim; tinha uma causa verdadeira. Um bom poema transcende a vaidade do poeta, e não tenho a menor dúvida de que você tem o dom do bom julgamento. Fui seu aluno. Espero que você perdoe minha invasão. Na verdade, eu queria apertar a campainha, como num retorno ingênuo do tempo, mas — talvez uma prova de que esteja realmente ficando maduro, como imagina minha mãe — eu resisti à transgressão e deixei apenas o poema sorrateiro sob a porta, rezando que você não abrisse súbito a porta e me flagrasse ali. Sim, eu sabia onde você morava, pois foi minha vizinha de prédio, mas não podia adivinhar que, depois desses seis ou sete anos em que nos extraviamos, ainda vivia lá. Assim, tomei a liberdade — por favor, não sou um *stalker*, desses malucos que têm no porão um freezer cheio de cabeças decepadas de mulheres, fique tranquila (que bom que você achou graça da imagem — por um momento, meu Deus, como sou inseguro, por um momento achei que você me levasse ao pé da letra) —, tomei a liberdade, eu dizia, de seguir você há alguns dias exclusivamente para confirmar o endereço para onde enviar o poema, o que eu planejava fazer pelo correio. Preferi não perguntar a você se ainda morava lá, porque, na minha paranoia, achei que você poderia interpretar mal e mentir na resposta. Bem, subir pelo elevador foi tranquilo, porque o porteiro é o mesmo que me conheceu criança. Nem quis saber para onde eu ia; só perguntou sorrindo como estávamos, Gabriel e dona Gabriela. Afinal, faz menos de um ano que nos mudamos dali e nos livramos do peso do aluguel, graças à loteria do meu pai. Sim, ele deu um apartamento para minha mãe. Ela chegou a insistir que o apartamento ficasse em meu nome, uma lâmina de orgulho no *Eu não me importo comigo, mas com meu filho*, e ele insistiu até o fim que o imóvel fosse dela até porque o Gabriel também terá o apartamento dele — é a remissão existencial pelo dinheiro, a mais eficiente, ele me explicou com um sorriso sério em um dos nossos inesquecíveis encontros no hotel em São Paulo. Eu me lembro de cada palavra daquela iniciação paterna, desde o *Você é um poeta*, o fiat lux definitivo da minha vida adulta, que praticamente começa agora diante da minha musa, até a despedida na porta do Uber, quando ele me despachou de volta a Curitiba com a recomendação final: hoje mesmo peça demissão do teu emprego ridículo. Era só o que faltava um talento como você escrever press release de montadora de automóveis em São José dos Pinhais, tendo na conta um fundo mix de renda fixa, dólar e multimercado que vai garantir a você, desde que não faça nenhuma loucura, uma vida tranquila, de classe média alta, até o fim dos teus dias. Basta se cuidar. De agora em diante, você é um poeta. Sempre que preencher um formulário em que perguntam da profissão, escreva em caixa-alta: POETA, e olhe o funcionário nos olhos. Mas Beatriz, começo meu fiat lux do começo, ou você vai se atrapalhar: como eu disse a você ontem, um engarrafamento em São Paulo como que decidiu meu destino na reflexão do meu pai, juntando as pontas do acaso. Você é poeta, ele disse, eu impressionado com as buzinadinhas das motos que giravam em torno. E qual é o problema central dos poetas no mundo inteiro?, meu pai perguntou, já sabendo a resposta. Ora, eles não têm dinheiro. Você já viu um milionário escrevendo poesia? Não existe, ele disse. Poesia é tipicamente coisa de pobre. Por isso que talvez não seja tão errado dizer que a pobreza sempre tem um toque poético. Bem, aquele cinismo disfarçado me incomodou um pouco, e eu pensei em citar o caso de Bob Dylan, um poeta que eu amo, como uma provocação, mas felizmente fiquei quieto. Depois você vai ver que foi uma decisão sábia, porque ele estava em pleno curso do seu típico processo argumentativo, em que as conclusões intermediárias são degraus de concreto para o lance seguinte, onde ele põe o pé direito e se ergue mais alto até a próxima conclusão, na qual põe o pé esquerdo, numa sequência sólida, a mão dando volteios gráficos diante da cabeça ensimesmada; nesse momento, não é boa política interromper o passo. Se você vir meu pai num dos programas de debate político, vai entender o que eu digo. Ele precisa sempre "concluir o raciocínio", e eu acho que herdei dele esta mania de o tempo todo tentar fechar as pontas mentais soltas. Se meu pai escreve? Bem, isso exige um parêntese, se você permite. O teu pai era escritor, minha mãe costumava dizer com certo respeito e solenidade, como se falasse de um bisavô enterrado — você deve ter herdado dele essa habilidade na escrita, ela completava sempre que eu mostrava uma redação escolar. Mas só durante a iniciação paterna em São Paulo eu soube dos detalhes. Aos dezesseis anos eu escrevi um romance inteiro de cento e oitenta páginas, ele disse, e isso ainda no tempo da máquina de escrever, completou, como quem se vangloria de uma façanha. Chamava-se *Justiça pelas próprias mãos*, a história de um estancieiro que trama a vingança de uma traição político-amorosa (meu pai desde pequeno conseguiu juntar suas duas paixões, o amor e a política, no mesmo enredo; ou o sexo e a política, segundo depreendo do que minha mãe, que é psicóloga, diz; não tenho ainda maturidade para discernir com clareza a diferença entre sexo, paixão e amor, Beatriz. Talvez você me ajude nessa área. Mas não importa aqui, vamos adiante que você tem trabalho pela frente. Só mais um minutinho, por favor. Seja paciente com seu ex-aluno). Bem, ele chegou a publicar o livro numa tipografia de Uruguaiana, numa tiragem pequena, apenas cem exemplares, por interferência da mãe, que pagou a edição, daquelas caseiras e simples, de lombada grampeada, na capa uma gravura-padrão em bico de pena tirada do álbum de algum

Centro de Tradições Gaúchas, e dois anos depois, assim que foi estudar em Porto Alegre, ao perceber o desastre da sua estreia literária, tomado de vergonha, começou a recolher e a destruir os exemplares que encontrava, o que faz até hoje. Meu pai é desde então fascinado por sebos, ele me conta; é alguém perseguido pelo seu passado, sempre atrás de sua própria raridade, para destruí-la. Ele mesmo usou essa expressão, perseguido pelo passado, com um sorriso, assim que o carro voltou a se mover no engarrafamento. Todo gaúcho é escritor, brincou ele, mas raros são os poetas. E é aqui que você entra, ele disse olhando para a frente, como quem detalha em minúcias um plano complexo de assalto a uma joalheria de luxo. (Por que joalheria? Não sei, Beatriz — a palavra me ocorreu agora. Pareceu uma imagem adequada. Poesia é joia cara, prosa é bijuteria barata, qualquer um tem, meu pai me disse pelo telefone no mês passado, e eu fiquei com essa imagem na cabeça, poesia cara, prosa barata.) Bem, e ele prosseguiu a técnica argumentativa de acumular premissas, que domina bem; se você as aceita, não há como escapar do corolário. A literatura acabou, ele disse. (Só mais um parêntese, Beatriz: meu pai chama de literatura tudo que é prosa, mas não inclui nela a poesia. Sabe teoria criada para uso próprio? Meu pai diz que a poesia é a face secreta da filosofia, e deve permanecer ali. É para muito poucos. Depois eu tento explicar melhor o que ele quer dizer; para mim também não é claro.) Voltando ao congestionamento: a literatura acabou. Hoje, disse meu pai, só existe realismo socialista identitário, produzido por pessoas de boa índole para disseminar a palavra do Bem. A Idade Média revisitada, só que um pouco mais confortável. É um dilúvio moral em outra clave. Não há saco que aguente. E não há nada o que fazer na área, exceto esperar. É um fluxo mundial, meu pai continuou, que deve durar uns vinte, trinta, quarenta anos, até se reduzir a um capítulo escolar especializado, disciplina de pós-graduação e objeto de teses de alguma nova crítica, A Retrospecção identitária, Identidade e Iluminismo, A epifania ancestral, O parêntese identitário, algo assim. Na nossa era, contrariando Marx, tudo que é volátil petrifica-se no ar com o peso de uma casa vitoriana para operários que, indignava-se Engels, não durava mais do que oitenta anos — e meu pai deu uma risada comprida, de engasgar, enquanto o carro avançava mais um pouco. Em seguida — tudo bem, Beatriz; eu entendo. O trabalho chama e o prazo é curto. Amanhã, eu posso... não. Melhor não perguntar, que assim não ouço a resposta. Vou dar minha caminhada agora; eu ando meio claustrofóbico na pandemia, e preciso lutar contra isso. Bom trabalho, Beatriz.

Consulta

Não conquisto não pensar em você.
O esquecimento é uma utopia vã
ante a presença que jamais se vê.

Investigo cada tenso instante
em busca do segredo oculto
que se transmite em não dizer.

No total presente, mas com o luto
da ausência que pela dor não venço
sua imagem eu não posso não querer.

Embora o deseje, a onipresença
da sombra não me permite ir embora
de tal modo que mais não quero ir

imerso na neblina e voz ausente
que anseio sempre por ainda ouvir.
E você, que em tudo vejo, o que sente?

Isso está virando um jogo, Beatriz pensou, relendo o poema. Percebeu que, sem atinar, lançava olhares oblíquos à porta da sala atrás de envelopes — é a ansiedade contemporânea por mensagens que apitam a todo instante, explicou-se. Um jogo: estou sendo seduzida. Continue assim: musas devem ser distantes, enigmáticas, misteriosas, atiçando desejos e pensamentos, produzindo luzes trêmulas: mas eu sou o contrário, sou um livro aberto, uma tradutora, como dizia Donetti. Tradutores nada largam no escuro; tudo se ilumina com clareza. No tom sombrio do poema, avaliou os efeitos da crueldade de sempre deixar Gabriel em pé diante dela. Lembrou-se da viúva Elena, linda de corpo, altiva de espírito e nobre de linhagem, a personagem de Boccaccio que zomba da paixão do jovem estudante Rinieri, largando-o à espera num pátio ao relento, sob a neve, pleno de esperanças de encontrá-la, inebriado por um futuro que não virá, enquanto ela se diverte na cama com o amante. Podia sentir o olhar súplice do poeta em direção à cadeira inútil diante dele, o desejo de puxá-la e sentar-se, estabelecer uma aura de intimidade para então conversar com Beatriz de igual para igual, apenas a mesinha democrática entre os dois, e percebia como lhe faltava a coragem da iniciativa sob o medo de um atrito talvez irremediável — ele espera sempre por um convite, um tão simples *você não quer sentar?*, que não virá. Foi até a janela, onde batia o sol de fim de tarde, e sentiu um deslocamento na alma — é engraçada essa expressão:

prazer perverso. É isso mesmo que sinto, só por deixá-lo em pé diante de mim? Mas a cabeça desviou a imagem pessoal para a vida pública. É uma presença forte, dizia-lhe Xaveste, comentando a relação entre poder político e perversidade, uma combinação antiga, clássica, mas de que se fala pouco, e que vem assomando como erupções grotescas em países doentes, e o Brasil parece um caso desses, não? É preciso domesticá-la sempre, porque parece insuficiente o verniz moral da vergonha cristã, esta casquinha instrumental, o último freio antes de barbárie que a perversidade desencadeia. Beatriz relembrou o trecho traduzido que comentou com Xaveste: *a informalidade contemporânea, a contínua desconstrução implícita da gramática íntima das redes sociais, frases avulsas e desconexas invadindo a esfera político-institucional, trouxe à tona a pulsão inconsciente e o éthos apolítico, sentimental, da estrita vida pessoal. O gozo íntimo da perversidade, com o culto sociopata da violência, o orgulho da estupidez e o elogio da tortura, ganha o espelho narcísico e triunfante da praça pública porque ali encontra os seus iguais, todos transbordantes em busca da autorrealização sem anteparos que a internet permite.* Estarei mesmo sentindo um prazer perverso na crueldade? A doce Beatriz agora é uma cascavel rancorosa? Meu Deus, que exagero. Não esqueça o que houve com a heroína cruel de Boccaccio — uma vingança masculina verdadeiramente medieval, crua e bruta, marcada na pele, sem hipótese do perdão humano, por mais que ela se humilhasse. Deixe de ser tola, Beatriz. Você precisa trabalhar e está apenas se defendendo de uma invasão. O espírito do assédio e do controle inscreve-se na criação da alma feminina desde sempre. Mantenha sua couraça sutil: ela fez você ser o que é. Nunca abdique de você mesma. Do nada, olhando a rua vazia, veio o cálculo: há quantos meses você não transa? Qual foi a última vez? Sexo, apenas o meu mesmo, imaginou-se lamentando a alguém, um sexo estimulado rapidamente com páginas digitais de pornô lésbico, que ela andava preferindo por serem um pouco mais gentis e que ela repassava na tela ainda com ansiedade de adolescente, a solidão agredida por olhos vigilantes e acusatórios. A magia do pornô: cenas gráficas de uma crueza que no limite exige olhos fechados, a mesma lógica dos filmes de terror que despertam emoções brutas e profundas e irrecorríveis que não passam por premissas e conclusões — trata-se apenas da coisa em si, o coração solto da natureza, breve catarse, meu Deus, que sensação boa, esse esquecer, mas tão curta e esvaziada ainda sob uma culpa difusa vinda de algum lugar intangível, preciso de alguém para me partilhar. Mesmo assim, era sempre um pequeno alívio, os dedos úmidos, que ela cheirava antes de lavar, curiosa. Talvez pintar as unhas de vermelho vivo, um pequeno toque estético de estímulo a mais, o poder da cor — eu ando relaxada sob a peste, cabelos sem cuidado, pelos na perna, sozinha a gente vai se largando e a idade corre solta. Sob o surto de tristeza, voltou ao poema (a linguagem me alivia, sua mãe gostava de dizer, lendo romances — leia sempre, Beatriz), que na primeira leitura pareceu travado e confuso, sem graça nem humor, um nó cego, como um texto traduzido por um aplicativo ruim, *não conquisto não pensar em você*, a dupla negação esquisita, um decassílabo pesado — aliás, o metro não se sustenta na sequência, cesuras que batem em soluços, o ritmo torto. Aqui não tem assonâncias leves e agradáveis, até engraçadas, como no primeiro poema. Uma criptografia de poço escuro, meu Deus. Se o poema é para mim, onde eu estou nos seus versos, senhor cavaleiro medieval? — e Beatriz achou graça no seu projeto de vingança: a crítica não terá piedade. Vou destruí-lo. Saiu da janela e deitou-se no sofá ainda aquecido por um fio de sol que se afastava. O que foi que eu disse agorinha mesmo? Eu disse: *meu Deus*. A expressão me escapou. Não pensamos em Deus quando dizemos meu Deus, mas a ideia está ali. Beatriz, você resolveu a charada. *Presença que jamais se vê. Segredo oculto que se transmite em não dizer.* Segredo oculto não dá, Gabriel. É redundância. Apague esse oculto. Segredo de Polichinelo ainda daria, mas é um clichê que obviamente não cabe aqui. Eu deixaria apenas *em busca do segredo que se transmite em não dizer*, já que o metro está mesmo quebrado. Refaça tudo em verso livre, uma sequência de afirmações brutas. *Sua imagem eu não posso não querer. A onipresença da sombra. Voz ausente.* Aquele *que em tudo eu vejo.* Do que ele está falando? Ora, de Deus. Deus é o objeto deste poema. Deus, não eu, a princesa Beatriz, uma jovem altiva de espírito e nobre de linhagem. Que filho da puta. Pegou um poema pronto da gaveta escrito depois de ler Nietzsche sem entender direito, *Deus está morto* e — e um sopro de bom humor dissolveu em segundos o surto de tristeza, que desejo de ter alguém aqui para conversar sobre leitura e poemas, isso está engraçado, um cavaleiro medieval, novinho, belo e agora rico, me assedia para auferir prazeres, como diria Boccaccio —, pois ele recolheu da gaveta uma velha poesia destinada a discutir com um Deus barbudo, masculino e implacável, o pai que ele não teve, fez dois ou três remendos aqui e ali e botou embaixo da porta para me conquistar pelo mistério. É o pai que é a onipresença da sombra. *E você, que em tudo vejo, o que sente?* Ainda não sinto nada, Gabriel, ela disse em voz alta, largando o poema na mesinha ao lado e olhando o teto, caindo com um suspiro em um novo manto depressivo. O sol deixou de tocá-la e um tênue sopro de frio como que percorreu sua pele — vai esfriar esta noite, ela pensou, vendo mentalmente o gráfico da pandemia descer e sonhando com um dezembro sem vírus, como por milagre, no país que se transformou em hospício, um pátio de pesadelos diários. *Entraremos em 2021 livres da peste*, ela leu em algum lugar. *A média móvel de mortes está caindo dia a dia*, alguém disse. Não foi Xaveste, para quem ainda conviveremos com a máscara durante anos. Deus nos esqueceu, ele brincou. Ou, melhor dizendo, nós o esquecemos, o que é sempre politicamente perigoso. Lembre-se do que aconteceu com o império romano: uma horda de ignorantes fanatizados por meia dúzia de líderes messiânicos, dispondo apenas da fúria e de uma inacreditável ficção cristã-escatológica inventada cem anos depois de Jesus, corroeu até o osso a mais plural e sofisticada civilização até então criada. Em dois ou três séculos, a cultura que havia erguido a abóbada do Panteão não sabia mais levantar nem um muro de pedras decente. Olhe para Trump e as eleições americanas que se aproximam — de uma forma ou de outra, ele já ganhou, mesmo que perca: *yo no creo en brujas, pero...* Beatriz pensou em rebater: de que modo o conceito de civilização dominante — o clássico modelo da história escolar — faz sentido hoje, ou é eticamente aceitável, ou — e ela queria encaixar no argumento a crescente pressão das *autonomias culturais* (podemos falar nesses termos?, ela perguntaria), mas ele cortou (*ao modo* masculino, ela pensou): Você acredita em Deus? E Beatriz desconcertou-se, reprimindo um rasgo de irritação. Quase disse: isso é irrelevante aqui, Xaveste — como se fossem íntimos. Mas gaguejou: *eu... eu não penso nisso, não sou religiosa, mas... mas não sou cínica a respeito.* Houve um curto silêncio, enquanto ele parecia absorver a resposta. *Eu também não*, ele disse por fim. *Mas tenho pensado na natureza do ateísmo.* O centro da nossa conversa, é claro, será sempre ele, Xaveste: ele é o autor, eu a tradutora, e Beatriz olhou para o teto. Esticou o braço até a mesinha, pegou a poesia de Gabriel e leu de novo, verso a verso, agora em voz alta para testar a sonoridade. Investigo cada tenso instante em busca do segredo que se transmite em não dizer.

Hoje não vou pedir desculpas por me aproximar, Beatriz. Acho que você já conhece o meu refrão inicial de autojustificativa, assim que você abre o notebook, e eu já conheço o teu ritmo — a Sueli ainda não trouxe o café que você pediu (a máquina parece que deu problema de novo; o meu também demorou a chegar), e você (eu venho observando) leva um certo tempo para começar o trabalho, como se fosse pegando ritmo aos poucos. E gosta de olhar para o céu antes de digitar a primeira linha, como se em busca de inspiração para encontrar as palavras exatas. Nessa busca, uma tradução é como um poema. A propósito: bom dia, Beatriz! Isso merece desculpas: esquecer de cumprimentar você. Perdão. É ansiedade de poeta. Quer dizer, de poeta apaixonado, o que é quase uma redundância, como diria meu pai, aliás alertando-me contra os perigos da paixão, logo depois de me falar contra a música, como se ele tivesse alguma coisa duplamente contra mim. Eu notei que você não usa fones de ouvido enquanto trabalha, o que é uma espécie de uniforme digital contemporâneo, e isso me levou à música, eu amo música, e, mais uma vez, aos conselhos do meu pai, o ideário existencial que em dois dias poderosos ele me legou junto com a chave do cofre e do meu futuro. Lembra que há alguns dias eu citei Bob Dylan? Ou não citei, retomando aquele fio: meu pai detesta música. Quer dizer: essa é uma expressão forte demais — ninguém não gosta de música, para usar uma dupla negação, esse recurso que me agrada, como você deve ter percebido. É um clichê espiritualista dizer que a música está em tudo, uma voz onipresente da natureza; bem, hoje ela está em tudo concretamente, à força e a fórceps, diz meu pai. Não dá para não ouvir. O meu pai não tem nenhum ouvido musical; ele mesmo me disse que, assim como existe o ouvido absoluto, existe o não ouvido absoluto, o que seria o caso dele. Ele até brinca dizendo que tem duas orelhas e nenhum ouvido. Os sons para mim, diz ele, existem apenas em estado puro, um por um, objetos isolados vibrando no ar; não estabelecem relações harmônicas entre si. Minha mãe desconfia que haja um trauma de infância aí. Eu conheço o tipo, ela disse, num dos seus momentos de rancor contra o pai de seu filho que se gravaram na minha cabeça. O adolescente metido a gênio que súbito se vê reduzido a zero na reunião entre os amigos, e principalmente entre as amigas (esclarecendo: a minha mãe vive sob uma perspectiva hétero, por assim dizer, ainda que — mas isso é outro assunto), reduzido a zero, eu dizia, assim que entra na roda um idiota qualquer cheio de espinhas na cara com um violão afinado e com dois ou três versos imbecis — *love is all*, olha que coisa mais linda, piriri-pururu, *I love you* (os exemplos e os adjetivos são do meu pai, em outro momento; a minha mãe nem deu exemplos; eu só os encaixei aqui para você ter uma ideia) —, com a voz meio rachada e jeitinho pidão, arrasta todo mundo a um silêncio atencioso e concentra unicamente em si, naquela habilidade simplória com os dedos e no dom do ouvido, a energia maravilhosa da admiração coletiva, essa aura de luz que é o elixir da juventude. A literatura, dizia meu pai com aquele jeito professoral de mesa-redonda da tevê, está hibernando em algum lugar, como acontece em alguns períodos, para renascer um ou dois séculos adiante; mas a poesia, essa foi completamente destruída pela música popular, que bate nela todos os dias com um gato morto, com força e violência, num homicídio ininterrupto, uma matança cujo triunfo final, a confissão de derrota do torturado no pau de arara sob choques elétricos, foi a outorga do Prêmio Nobel ao Bob Dylan, enterrando de vez toda esperança. Mataram três coelhos de uma porrada só: o fim do silêncio, que segundo meu pai é a alma do texto escrito, a morte da poesia e a destruição da literatura. A inteligência do WhatsApp chegou à alta cultura, enfim. Claro, completou meu pai, vivendo plenamente o prazer da iconoclastia, depois de uma risada: é só uma imagem. A poesia ainda respira em algum lugar. É aí que você entra, ele disse no carro, conspiratório, articulando o plano da minha vida — mas acho que essa parte eu já contei. Eu me perdi um pouco no emaranhado da memória. Retomando: ele falava dos perigos da paixão, isso já à noite, durante o jantar, que foi longo. Ele me levou a uma bela churrascaria argentina, uma carne aliás maravilhosa, sangrandinha, aquele tom rosa-vermelho no meio do bife grelhado — este gosto eu herdei do meu pai, minha mãe disse. (Puxa vida, agora me deu um frio na alma: você não é vegetariana, não? Que alívio, Beatriz. Nada contra — só que uma incompatibilidade assim já na partida seria... tudo bem, tudo bem. Perdão.) Aquele jantar — aliás, tudo, a viagem, o hotel, o jantar, a conversa — foi como que minha iniciação em outro patamar existencial, não somente econômico. Não era apenas a metamorfose de um pequeno caipira que vira príncipe. Ia além disso. Meu pai tornava-se o próprio mestre de cerimônias de um mundo novo e excitante, abastado e superior. Uma espécie de Mefistófeles caseiro — acho que toda família tem um. Alguém que apresenta a você, em sussurros tentadores, o verdadeiro mundo, oculto nas dobras da mediocridade cotidiana — ele vai ensinar o caminho secreto. Era uma transformação intelectual e moral completa que ele programou para mim. Eu me lembro de cada detalhe porque assim que desembarquei em Curitiba, ainda em estado de vertigem pessoal, rico, feliz e perdido, dona Gabriela, do caminho do aeroporto até em casa, praticamente exigiu que eu contasse tudo que aconteceu, minuto a minuto, insistindo que eu buscasse na memória cada palavra que ele usou, todas são importantes e reveladoras — e ela sorvia meu relato com o prazer de quem escuta uma novela oriental, mágica, encantatória, irresistível. Minha mãe estava em êxtase: essa é a verdade — parecia que era ela a seduzida, não eu. De vez em quando deixava escapar, com um sorriso, talvez suspeitando de alguma contrariedade minha: ele só quer o teu bem, Gabriel. Ele sabe que você é um anjo. E então, ela prosseguia ansiosa, para não perder a sequência exata: e o que ele disse depois de o garçom colocar o bife ancho no teu prato e se afastar? Ele disse assim, à maneira da teoria do medalhão: primeira coisa, meu filho — não se apaixone; e, se essa desgraça acontecer, não cometa a burrice suprema de casar. Em hipótese nenhuma engravide uma mulher; não cometa o erro que eu cometi. (Só um detalhe aqui, Beatriz: ele não percebeu o que estava dizendo, e a quem estava dizendo isso. Eu, obviamente, era o erro; mas isso só me ocorreu mais tarde, ao me lembrar da conversa. No momento em que ele disse, eu achei engraçado, garfo e faca na mão, aquele bife saboroso sangrando no prato.) Prosseguindo, disse meu pai: uma mulher inesperadamente grávida é o tipo de evento que só um trauma ou uma loteria podem resolver, e pela teoria do acaso, nossa linhagem já queimou esse cartucho da sorte. A velha história: um raio não cai duas vezes etc. Só pense em algo parecido a viver com uma mulher (esclarecendo esse detalhe, Beatriz: sinto que meu pai também vive sob orientação hétero implícita, e desconfio que ele seja pessoalmente menos aberto do que minha mãe nessa área, se o que estiver em jogo for a minha orientação de sexo ou gênero; ele mesmo confessou, em outro momento, embora o tema da conversa fosse um pouco diferente, não me lembro bem, ele se defendia de alguma acusação de preconceito — filho, eu tenho uma formação rural tosca, como todo brasileiro; a minha sabedoria é nova demais, a civilização é só uma casquinha, eu sei disso; desde a origem, esse é um país intensamente ignorante, que montou sua máquina econômica sobre a escravidão e a prática da estupidez; é duro desatolar por conta própria. Foram palavras dele, e agora eu apenas liguei uma coisa com outra. E, é claro, jamais contei para ele a crise que vivi aos quinze anos, com um amigo, uma coisa complicada; nem para minha mãe, mas na época ela percebeu, eu senti. Desculpe, isso é outra história; nessa fase o sexo é sempre assustador, aliás na vida inteira, já me disseram; bem, eu conto depois, se você quiser.). Retomando a voz do meu pai: só resolva viver com alguém de modo estável depois dos quarenta anos, prosseguiu ele. Os homens são idiotas. Ponto. A idiotia emocional está na natureza deles. Não perca tempo discutindo com você mesmo e querendo ser outra pessoa: aceite este fato óbvio e se observe. Se você criar uma casca grossa, consolidar firmemente a defesa psicológica contra a paixão desde cedo, quando somos muito mais vulneráveis (todo jovem, meu pai abriu um parêntese para explicar, é um exemplar vivo de um dodô, a ave da família dos pombos, mas de um metro de altura, que foi extinta no século XVII, vítima de sua inexaurível boa alma e boa índole — alegrinho, enfiava a cabeça na boca da carabina dos colonos para saber o que haveria ali de interessante; uma única ave alimentava muita gente e matá-los era tão fácil que nem graça tinha — não sobrou nenhum dodô); se você consolidar a couraça desde já e não depois, quando for tarde, ele continuou, a verdadeira poesia vai crescer dentro de você. Esqueça desde agora os *I love you* da vida. Tudo besteira. Mantenha-se preso ao osso, ao absoluto essencial, aquilo que ninguém mais é capaz de dizer — você consegue. Você é um poeta.

Três dias sem aparecer no Café, ou dois, porque ontem não conta, choveu pela manhã — Beatriz imaginou-o inquieto, sentado ao lado da estante dos livros, lançando olhares disfarçados, tristes, ansiosos, lancinantes, em direção à entrada, à espera da musa que não vem, e pede outro café à Sueli, que, depois de conferir as nuvens e avaliar o tempo e enfim decidir por colocar mesinhas e cadeiras no espaço externo, talvez comente com ele minha ausência, como sempre a uma distância regulamentar segura, *hoje ela não veio de novo*. O poeta confere as horas, *não vem mais*, dá um suspiro e volta ao seu Nietzsche ou Schopenhauer, o eterno retorno ou a tristeza do mundo. Não, ele deve ler poemas enquanto me espera e se inspira, a inspiração pela frustração, e Beatriz sorriu esperando o Zoom abrir para mais uma reunião da Usina, que coisa mais chata, *mas é o que temos enquanto o vírus não passa*, como disse Batista com seu jeito tolerante. Conferiu rapidamente no portal de notícias a informação sobre os mortos da peste, o que fazia quase que compulsivamente todos os dias, *média móvel estável, mas o índice de contaminação é crescente*, e voltou à página do aplicativo, *aguarde, o host vai chamar em breve*. Há algo de ridículo no meu poeta, aquela retórica postiça, as frases todas medidas, mas há também alguma coisa comovente, ela ponderou, em luta contra a própria frieza de sentimentos; talvez seja mesmo crueldade afetiva de minha parte, quem sabe sofro até de uma pequena sombra de sociopatia, contaminada também pelo clima geral do país, a estupidez contagiante, e eu não era assim — *a raiz do mal é inatingível*, veio-lhe a expressão que Xaveste usou na conversa sobre Deus e ateísmo, que ela gostaria de ter gravado para pensar melhor a respeito. É tão engraçado falar sobre coisas que já saíram do meu horizonte há anos mas que se conservaram latentes. Encontramos velhos conhecidos mentais da formação de juventude. *A hipótese do bem e do mal como forças equivalentes autônomas, vivas e atuantes, como pregava Maniqueu, é uma ideia intuitivamente forte demais para ser desarmada* (foi essa a expressão que ele usou? ou *desalojada?*) *pelo mecanismo abstrato da razão, e mesmo da razão religiosa. A Igreja oficial sofreu para extirpar a heresia maniqueísta, que ameaçava pela raiz a lógica da redenção, sem a qual as religiões são inúteis. De que serviria uma religião destinada a nos convencer de que Deus está se lixando para a condição humana e que a redenção é apenas um problema pessoal, não um dom ou um contato divino? Impossível. Isso porque as pessoas são idiotas; elas precisam da possibilidade de redenção. Ou só eu que sou idiota por dispensar a muleta de Deus?*, e ele sorriu, de um jeito a quebrar a severidade quem sabe autoritária demais do que dizia. O mal, vivo, agressivo, atuante, objetivo, determinado — hoje, no pesadelo brasileiro, isso parece fazer sentido de forma plena. Mas não consigo pensar abstratamente — *sem os andaimes da vida real, de que serve o pensamento?*, como Chaves uma vez brincou ao comentar a edição de um livro de iniciação à filosofia pura, e ela brincou em troca, *não é vida real, que essa não existe; é vida pessoal, que é outra coisa, vivemos dentro da pele e da imaginação: é só aí que o mundo real ganha forma*. Quanta bobagem deliciosa. Bons tempos em que se amavam às cegas, foi bom enquanto durou (a cega era só eu, na verdade), e ela decidiu dar uma deitadinha no sofá até a hora da reunião (vem corte de salário, ela desconfiou, o Batista estava com um ar meio soturno na convocação da semana passada), e deixou o computador aberto na mesa da sala, ao alcance dos olhos. Sentiu a estreita manta de sol no corpo, como se ele se movesse visivelmente, a câmera lenta acelerada — a cada dia que avança na primavera, o sol frio de Curitiba desce um pouco mais pela janela, com seu calor ainda frágil. Eu poderia marcar a lápis o limite da sombra na parede, dia a dia e hora a hora, e assim faria a escala de um relógio de sol, com as estações incluídas, a parede inteira se tornando uma inscrição críptica cuneiforme, Beatriz personagem de um cartum de presidiária. Antes de fechar os olhos conferiu dali a lâmina de claridade do corredor sob a porta — nenhum poema hoje. Tentou imaginar como seria o rosto de Gabriel sem a sua elegante máscara negra, que combina com a camiseta de boa marca, o logotipo logo acima do coração, e também com o casaco leve sempre aberto, um espírito casual cuidadoso, do preto ao cinza, e, em pé, na sua exata magreza, ele tinha a postura discretamente superior (até pela aura blasée de gentileza implícita) dos bem-nascidos. Dos *brancos* bem-nascidos, gostava de frisar Donetti, ainda ontem, mais por humor do que por fúria — ou você ainda acha que o Brasil é um país mestiço e bonito por natureza? Os olhos de Gabriel pareciam escuros, mas ela não tinha certeza. Olhos enganam; dependem da luz em torno. Há mesmo um traço indígena nele, ela observou, aproximando bem a cabeça — desculpe, talvez eu esteja influenciada pelo seu mapa genético, eu fui induzida pelos dezenove por cento, o que compromete a amostragem da vacina, os testes têm de ser feitos às cegas, o famoso duplo-cego, ninguém pode saber o que está acontecendo ou então não dá certo, não é científico, e ele tentava se deitar no sofá ao lado dela, mas escorregava de volta ao tapete e se erguia de novo. As cabeças desajeitadas, ela deitada na horizontal, ele ajoelhado na vertical, se aproximaram para um beijo consentido, sim, foi consentido ela pensou, temendo ser injusta; a culpa foi minha, reconheço; mas ambos estavam de máscaras, o que criou uma ansiedade esquisita, a textura úmida do tecido nos lábios. Talvez seja melhor tirar a máscara, ela acabou cochichando envergonhada enquanto abria um espaço no sofá para ele pensando num encaixe quentinho e apertado de pernas, a cena de um filme, estão filmando isso, venha aqui, e ao mesmo tempo evitava perder a faixa tênue de sol, que sempre aquece um pouco, eu estou arrepiada, sinta o meu braço, você está bem-vestido mas eu não, eu estou nua, não olhe, por favor, e ele imediatamente fechou os olhos e ergueu os braços pedindo paz, o gesto conhecido e repetido sempre no Café em busca de simpatia, agora de joelhos no tapete da sala, e ela riu; e então eles sentiram as bocas através do pano, os lábios se tocando protegidos, uma pressão leve para reconhecer a forma alheia, de um lado para outro, em curvo vaivém, como um mata-borrão antigo. Ninguém mais usa isso, Beatriz; você é muito romântica. Melhor tirar a máscara. Mas, sob covid, morreremos todos pela boca, como os peixes; dentro d'água e fora d'água, morre-se pela boca. Gabriel afastou um pouco a cabeça e disse: está em Ovídio, *A arte de amar*: *o que é consentido não dá prazer; quem não pode me magoar não pode ser amado* — veja a dupla negação. Você gostou das minhas duplas negações poéticas? São todas positivas. Como Deus: nega tudo, e é bom. A cabeça de Gabriel parecia agora pequena nas suas mãos, quase de criança, encolhida — a máscara frouxa, grande demais, ameaçava cair, e o nariz assomava nu, e ela empurrou aquela cabeça pequena e esquisitamente leve, oca, com um súbito sentimento de horror e angústia, *que é a substância da catarse; portanto, venha para Barcelona,* disse-lhe Xaveste do nada, destinado a salvá-la, ela imaginou, e sentiu um alívio momentâneo, ao lado do elevador, mas você já vai?! Preciso avisar o Gabriel, ele está me esperando na sala, eu fui muito indelicada com ele, não tirei a máscara, a indelicadeza é um desejo horrível, e as mãos de alguém puxaram Beatriz em direção à escada, *vamos fugir pela escada*, e ela suspeitou que era o vizinho suado com quem ela às vezes se encontrava ao descer, mas a mão do homem estava cheia de manchas, parece um mapa antigo esfarelado nas bordas, não pode ser ele, que parecia um jovem atleta. *Eu não tinha noção da tua idade; eu achava que você era mais novo*, ela disse, desconfiada, e Donetti abriu a boca sorrindo: veja meus dentes! *São lindos*, ela reconheceu; *daria para fazer um colar indígena*. E, como quem cai em si, Donetti é Xaveste: mas você mora em Madri, ela acusou: isso é uma mensagem falsa do WhatsApp para roubar minha senha. Não vou clicar! *Não precisa de senha para ir a Barcelona*, ele insistiu, *eu sou catalão mas não sou catalão*, e ela percebeu que ele estava sem calças com as pernas incrivelmente finas, apoiando-se de costas na parede para não cair, um paletó pendurado num gancho frouxo; é incrível mas é verdade, porque eu só vejo ele da cintura para cima; as *lives* são um teatro de bonecos e não sabemos quem comanda; tentou segurá-lo em pé pelos braços, mas como Xaveste continuava escorregando na parede, jogou o próprio corpo à frente e pressionou com força o peito contra ele, *segure-se bem*, ela disse, sentindo um calor agradável no corpo, que bom seria continuar assim por muito tempo, mas súbito afastou a cabeça para trás ao perceber que ele estava sem máscara, *meu Deus, que perigo!* Estendeu a mão para a mesinha e escutou o grito do Gabriel atrás da porta, *Beatriz! Beatriz! Beatriz!* Levantou a cabeça em pânico e viu o rosto simpático e divertido de Batista na tela do notebook, o que ele está fazendo aí? *Olá, Beatriz! Pegou no sono? Me deu inveja de ver você tão tranquila dormindo no sofá*, e Beatriz levou as mãos aos cabelos, Meu Deus, isso estava ligado?! Estou horrível! Que vergonha! Desculpe! Já começou a reunião?!

Beatriz, bom dia! Que bom rever você — faz quase uma semana que a gente não se vê, e além do mais choveu essa chuvinha miúda dia sim e dia não. O que é muito pouca chuva para o que precisamos, mas é sempre melhor que nada — como nossos encontros, aliás. Dizem que a seca de Curitiba este ano é a pior do século, e que os reservatórios estão se esgotando. Bem, diante da peste geral brasileira, parece até um problema pequeno. O racionamento de água vai ficar mais rígido, disseram no noticiário de ontem. Não sei como está no seu prédio, mas lá em casa — sim, sim, por enquanto estou ainda morando com dona Gabriela (você já deve ter percebido que várias vezes eu chamo minha mãe de dona Gabriela; é o recurso engraçado e afetivo que eu uso quando quero espicaçá-la, e ela se irrita não porque eu a esteja acusando de autoritária — o que, de fato, minha mãe não é, nunca foi; ela na verdade tem a alma meio frouxa, no bom sentido, uma pessoa cordata; ela mesma diz que deveria ter sido mais imperativa comigo quando eu era criança, diz que me protegeu demais, e pelo menos uma vez, eu lembro bem, insinuou que deixou de fazer coisas, ela disse "coisas", e eu entendi que coisa era: deixou de casar de novo ou de assumir compromisso sério com homens que ela poderia amar ou com quem talvez tivesse uma vida mais completa, de medo que isso interferisse na minha educação ou no meu equilíbrio emocional, a casa invadida por um estranho, e sabe-se lá que efeito isso teria na minha cabeça em formação, são tantos padrastos violentos que se lê no noticiário, um horror, e minha mãe põe a mão no rosto, nem quero imaginar. Não sei. Perdi o fio: eu dizia que ela se irrita sem reclamar com o meu "dona Gabriela" não por ser autoritária, mas provavelmente por sentir uma sugestão de velhice na brincadeira. São muitas variáveis em jogo para entender dona Gabriela: todas as pessoas mentem muito o tempo todo (quer dizer: mentir é um verbo forte demais porque pressupõe maldade, o que nem sempre é o caso, e talvez quase nunca seja o caso, porque se trata apenas de manter o equilíbrio psicológico cotidiano, como costuma dizer minha mãe, quando justifica sua profissão, eu tento promover o equilíbrio psicológico cotidiano das pessoas, ela diz, meio brincando; as pessoas omitem, ocultam, disfarçam, enfeitam, imaginam, dão a volta, esquecem, lembram, passam por cima, fantasiam, silenciam, inventam, ou simplesmente não sabem, tudo para dar conta das coisas inexplicáveis, tranquilas, desagradáveis, milagrosas, assustadoras, boas, ofensivas, trágicas, misteriosas, doloridas, fascinantes, acidentais que acontecem minuto a minuto na vida; não é fácil dizer sempre a verdade; nem sei se é útil; acho que não). Mas deixei outro fio solto na conversa, eita que estou confuso hoje. Onde eu estava? Desculpe, Beatriz; é a ansiedade, que cria fantasmas. Numa das manhãs que choveu, imaginei que você me imaginava sentado ao lado da estante de livros, o café esfriando, os olhos fixos e tristes no pátio vazio, a chuva fina caindo, lamentando que Beatriz não veio; ele lê Schopenhauer e pensa na tristeza do mundo. Veja que eu me tenho em alta conta, supondo-me objeto permanente da atenção de Beatriz; de fato, eu tenho de me ter em alta conta, faço esse esforço, porque de outro modo, pequeno, tímido, insignificante, eu jamais vou conquistar você. Não tenho um canal mínimo de conversa com você — resta a imaginação. Meu pai exige que eu seja um poeta. Na verdade, eu me sinto como alguém que é pago para ser poeta, e bem pago, o que não acontece mais com ninguém no mundo desde o tempo dos mecenas, séculos atrás. Desculpe novamente, estou me distraindo, e um pouquinho melancólico: tome o café sossegada, não deixe esfriar, como da última vez; eu vi que na terça-feira você deu um único gole, e meia hora depois pediu outro cafezinho à Sueli. Está bom o café? Ontem eu achei meio forte demais. Prosseguindo, antes que você desista de mim, abra o notebook e volte ao trabalho. Espere só um segundo: deixe eu ajustar a máscara. É engraçado usar isso. Às vezes me sinto o Batman; outras vezes, um assaltante. Pronto, nariz protegido. Eu falava do apartamento: sim, vou morar sozinho em breve — já comprei um apartamento; quer dizer, meu pai comprou diretamente, em meu nome, você precisa o quanto antes morar sozinho, ele disse, não só por você mas também para a Gabriela ter enfim uma vida própria; e para a tua formação de poeta, viver sozinho é fundamental; vou dar a você uma lista de leituras (Ovídio, por exemplo; comece por Ovídio, ele insistiu, para se precaver desde cedo dos perigos da paixão, estude bem suas causas e efeitos, que são as mesmas e os mesmos faz dois mil anos); e quero sugerir campos de estudo que você deve empreender (claro, a decisão será sempre sua, o que estou dando a você é o tempo livre, o dinheiro e a liberdade), na área de línguas, além do inglês e do francês que você já domina; vá adiante — alemão, grego, italiano, quem sabe árabe e japonês, porque você tem o dom e a juventude, e assim pode realizar tudo que eu mesmo fui largando pela metade e pelo caminho quando não tinha dinheiro nem cabeça, e fui meio que tomado pela vaidade do jornalismo da tevê, que nos suga por completo. Mais uma coisa, ele frisou: você precisa organizar destinos para viagens; a pandemia não vai durar para sempre e você deve viajar muito, conhecer tudo que importa no mundo para se tornar um grande poeta; o Brasil não pode se reduzir ao próprio umbigo, que é ridiculamente tacanho, ainda mais sob este governo imbecil, e é uma imbecilidade de raiz que vai prosseguir por décadas, mesmo que perca o poder; não se iluda; você tem de se preparar para o definitivo triunfo da estupidez nacional que vem pela frente. Essa parte não acaba nunca. (Vai um parêntese importante aqui, Beatriz: para mim foi um alívio descobrir com nitidez a posição do meu pai com relação ao governo, que às vezes a polidez profissional televisiva não revela por inteiro; no nosso encontro épico em São Paulo, eu respirei bem melhor quando ele disse de passagem, num momento mais solto do jantar, que o governo brasileiro é tão organicamente imbecil — ele usou uma expressão forte, mais engraçada, não resisto a contar, Beatriz; este é um governo com o Dom da Estupidez, um dom inesgotável e criminoso que transforma imediatamente em idiota quem o defende e em canalha quem o sustenta, num apodrecimento sequencial ininterrupto; e ele deu aquela típica risada dele pela graça da própria frase. Antes de fechar o parêntese: digo isso porque tínhamos uma diferença clara e meio que intransponível com relação ao golpe parlamentar do impeachment, que para ele não foi golpe, mas apenas o ponto culminante de, segundo meu pai, uma inacreditável incompetência política, econômica e administrativa, um desastre completo que inviabilizou a si mesmo — que governo sobreviveria à maior recessão da história do país produzida em dois anos, ele me perguntou irritado, quase aos gritos. Cá entre nós, eu acho ridícula essa posição. Na época eu disse para ele ao telefone, na verdade repetindo uma expressão da minha mãe porque eu fiquei nervoso com a discussão que ele mesmo provocou, o meu pai tem um jeito muito forte de falar, e eu disse a ele que a dimensão da ética política democrática nunca pode ser descartada, que é isso que faz a diferença, o que eu acredito até hoje, que a democracia não é apenas um conjunto frio de regulamentos, uma planilha econômica abstrata, que a acusação que servia de base ao impeachment era obviamente absurda e esfarrapada, e ele se irritou erguendo a voz, dizendo que golpe parlamentar é uma contradição em termos, que o Parlamento é exatamente isso, um espaço democrático de golpes cotidianos resolvidos voto a voto, juntam-se deputados e senadores eleitos pelas regras da Constituição, apresentam-se requerimentos todos os dias e todos os dias decidem-se leis, projetos e impeachments como quer a maioria, e aí a nossa conversa azedou. *Não seja tolo*, ele concluiu, desligando o telefone. Nunca esqueci. Isso foi em 2016 ou 17, não me lembro. Ele ficou um bom tempo sem dar notícia, e quando voltou a ligar nunca mais retomamos o tema, numa trégua implícita. Mas vou fechar esse parêntese; o impeachment é uma ferida aberta ainda mal cicatrizada, eu cheguei a dizer a ele em São Paulo, na minha obsessão de não deixar nada incompleto, o telefone cortado ainda na cabeça, e dessa vez ele concordou com um gesto de cabeça, um pouco relutante, depois de pensar um pouco. Tive a esperança de que ele reconhecesse que eu estava certo, mas isso não aconteceu. Outro dia, ele deixou escapar na tevê, num comentário de entrelinhas, que foi a esquerda brasileira que gerou a atual monstruosidade. Enfim, continua um terreno minado.) Mas volto ao que eu contava. Disse meu pai ao me entregar simbolicamente as chaves do apartamento: Filho, o teu apartamento será um porto seguro de estabilidade, um isolamento sempre aberto ao mundo, e não um pequeno castelo medieval fechado na própria vidinha atrasada. (É engraçado, Beatriz, mas meu pai tem às vezes esse lance edificante na voz, um tom grave de conselheiro, e nesses momentos parece que o sotaque gaúcho dele ressurge aqui e ali, como um chamado da tribo. Depois eu explico melhor; é que ele gosta de fechar argumentos com frases altissonantes e definitivas, o que às vezes se percebe nos programas de debate de que ele participa, mas nesses casos, quando tem público, sob tensão, meu pai fica mais agudo, atento, ferino, como um falcão ameaçado — ele mesmo usou essa imagem, eu sou um falcão ameaçado, como se fosse um predador, não um analista político.) Voltando ao apartamento: comecei a procurar um imóvel, é claro, porque o projeto que meu pai me reservava me pareceu fantástico (a imagem redentora de uma independência completa, geográfica, econômica, cultural, afetiva — o que mais se pode desejar?); só me bate o pânico, uma vertigem de horror — não sei se você já sentiu o mesmo, a percepção súbita, terrível, de que você perdeu todos os contatos físicos e emocionais com a realidade simples, e se vê devorado por uma solidão quase cósmica, um estado de angústia que, quando bate no peito e se estende elétrico pelo corpo, deixa você esgotado pela pressão do vazio, uma pequena morte — mas sem a redenção do sexo — que parece inacessível a qualquer compreensão, um fluxo de consumação mental e física; isso dura alguns segundos, um minuto no máximo, muito pouco, mas é horrendo, um pesadelo sem imagens, puro afogamento — pois bem, eu só sinto isso, às vezes, quando penso que tenho de ser poeta, que sou quase que moralmente obrigado a ser poeta, alguém lançado de cabeça para baixo ao inferno, como os românticos de outro tempo. Por favor, Beatriz, não se impressione: eu só tentei criar uma simulação gráfica desta dor indecifrável que me ataca quando penso no destino, o que é impossível: é o momento que não se imagina e nem se diz, aquilo que, embora vivo, repousa além do campo das palavras. Perdão, Beatriz — acho que tive um pequeno surto retórico; sou filho do meu pai, por desgraça. Agora sim, perdi o fio de todas as meadas, mas isso se recupera. Só mais um minuto, por favor: sim, ninguém sabe mais do que eu que você tem de trabalhar, e não só em traduções (que eu já li todas; e acho, sinceramente, que você deveria escrever textos próprios; só não vou sugerir porque sei o peso disso), mas também em aulas, que devem ser exaustivas, ainda mais online, aquelas trinta cabeças nos trinta quadradinhos, todas esperando alguma coisa de você que suplante o tédio agoniante da pandemia. Até estava prestes a me inscrever na Usina de Texto, o curso que você está dando, voltar a ser seu aluno, dessa vez com um pseudônimo, para vê-la mais vezes, mas senti que seria uma regressão, ou, pior, uma invasão agressiva — e eis que, por acaso, numa manhã luminosa, descubro você nesse pátio. Sim, sim, você percebeu bem: estou contrariando meu pai pela base, entregando-me de cabeça a uma paixão cega, como diz o clichê. (É que eu sinto que não é cega. É absolutamente nítida.) Sim, eu sei que os pais têm sempre uma reserva de sabedoria que escapa aos filhos, e que eu deveria ouvi-lo ainda mais neste ponto da paixão, que costuma ser devastador em jovens carentes. Beatriz, por favor, não precisa ser irônica: eu entendi. Posso deixar você em paz, o que vou fazer em seguida, mas não posso abdicar dos próprios sentimentos. Não é nem questão de querer; é de poder. Não tenho essa força. Por favor, deixe apenas eu fechar mais este fio solto, terminar o relato que comecei: o apartamento novo, a minha independência. Você havia perguntado da dona Gabriela, se não me engano, acho que na semana passada, o que ela achava da minha independência. Tudo bem, tudo bem, já é tarde: bom trabalho, Beatriz. Vou dar minha caminhada.

A queda

Vivo sob o sopro do espírito da queda.
Não o antigo, que se estiola na hermenêutica dos deuses
perdidos entre a cobra e a maçã
antes e depois do Éden, esta novidade.

Minha queda é mortal, concreta, companheira,
uma trapaça da ausência.

Ali estou eu, no meio da rua:
virgem donzela do século XIX,
súbito perco o pé e desfaleço de amor
(alta carga viral, afaste-se)

o que é ridículo, assim de máscara aparada
a postura do andar
o sapato lustroso
a gravata bonita.

Celular no bolso, falha o wi-fi da alma
e lá vou ao chão em busca de sinal.

E nada.

Isso está ficando sério, Beatriz pensou, lembrando-se do encontro com Gabriela, a coincidência estranha, e relendo o poema, que dessa vez veio dobrado num envelope; da cozinha, num breve segundo de silêncio que cobriu o dia, ela ouviu um arranhar discreto na sala e correu até a porta, a mão estendida para o trinco para pegá-lo em flagrante, mas desistiu, suspendendo a respiração — ele poderia estar ainda do outro lado e perceber sua presença. Teve a certeza de ouvir passos se afastando, e se abaixou para recolher o envelope. Isso está ficando sério, ela repetiu, sentando-se no sofá com o papel nas mãos, a mesma assinatura manuscrita, a grafia meio infantil, *Para Beatriz*, no alto, e *do Gabriel*, embaixo, o R maiúsculo destacado em espelho. Ele fala de mim — virgem donzela — ou dele mesmo — sapato lustroso, a gravata imaginária? Uma espécie de corpo duplo mútuo, homem-mulher estilizado como paródia num cenário antigo de filme de época. "Virgem donzela" é redundância, mas não são ruins os versos; são mais leves que o anterior e têm mais graça, ela pensou, tentando ser justa e se autodeslocando, o que deve fazer o crítico quando criticado, para se ver melhor, como sonhava Donetti. "Carga viral" é uma gracinha datada. Não precisava. "Trapaça da ausência" ressoa alguma coisa da música popular brasileira, e ela lutou por lembrar. Já a "queda companheira" é uma sombra de Drummond, e Beatriz fechou os olhos atrás da memória teimosa de um verso até encontrá-lo: o medo, nosso pai e nosso companheiro. Mas não se distraia, Beatriz: isso não é poesia de concurso nem programa de auditório nem redação escolar para dar nota. Tem alguém de verdade aí, cada vez mais presente na sua vida, que está afetando você. Perceba: nesse momento, já não se trata de um *fato estético*, como diria Xaveste no seu livro citando a teoria de um russo que anda na moda (na revisão preciso conferir a grafia-padrão do nome dele no Brasil, o *h* antes ou depois do *k*?), mas de um *fato da existência*, o gesto irredimível, e ela se distraiu: quem sabe retomar a tradução do livro agora, aproveitar esse final de tarde que é sempre uma hora boa, relaxante, o suspiro do dever cumprido e o solzinho na pele, para entender melhor a distinção que ele faz — ela havia anotado uma lista de perguntas sobre a distinção entre a confissão no evento da vida, que é um ato ético ou religioso, e a confissão representada, o ato literário. O evento da vida na percepção cotidiana — é curiosa essa expressão, "evento da vida", parece que estamos numa festa de formatura infinita em que as coisas vão dando meio certo e meio errado, num jogo de pontos somados até acabar o dia, quando morremos — o evento da vida toma conta de mim. Imaginou (relendo pela quarta vez o poema) que o ideal seria a cabeça do Xaveste no corpo de Gabriel, um grifo caseiro não mitológico, o que parecia contaminar a sua clássica preferência por homens mais velhos, os pais vicários que ocupam um vazio de infância, trocando-lhes a pele: a fantasia da eterna juventude da velhice, quando se tenta enganar o diabo. Fechou os olhos e imaginou o contrário: um Xaveste, o catalão com toques imperiais de espanhol, a nobreza herdada, a elegância instintiva, atávica, a sobranceria aristocrática, heráldica, suavizada pelo espírito democrático dos tempos e pela humildade superior de aceitá-lo de bom grado, os cabelos negros, brilhantes, lisos, um pega-rapaz escapando charmoso na testa, que às vezes ele põe no lugar com um gesto brusco de adolescente, enquanto os olhos brilham pelo prazer da alta conversa; um homem bonito, provavelmente gentil na cama, com surtos de violência (intensidade: é isso que eu quis dizer, ela corrigiu-se, a intensidade física do esquecimento que o sexo promove) consentida — deve haver uma razão para ele ter tido três (quantos mesmo?) casamentos, segundo o Chaves, que é um ciumento nato, com traços de inveja (o Donetti é, ou era, ressentido; a idade e o prêmio da Academia suavizaram-no bastante (meu Deus, como estou cruel). O ressentimento é outra vertente do azedume, uma corrosão diferente, pior, porque se ampara em razões — não tem a pureza espontânea e cristalina da inveja, que brota do nada; o ressentimento reclama das pessoas; a inveja, de Deus). Um Xaveste com a cabeça do Gabriel e sua sensibilidade de cristal. Não — é preciso misturar mais os dois. O sedutor é diferente do apaixonado. A vantagem do sedutor é que ele vê; o apaixonado é cego. A vantagem do apaixonado é que ele sente; o sedutor é frio. O que eu quero de um homem? Um poema ou um bom argumento? Como sou tola quando divago. Mantenha a nitidez, Beatriz. Voltou-lhe à cabeça o encontro acidental com Gabriela no supermercado, à tarde, que ela custou a reconhecer. Diante das maçãs argentinas, vermelhíssimas e caríssimas, lustrosas na bancada (levo ou não levo?), sentiu a pressão no ombro e se assustou, afastando-se num passo brusco, *por favor mantenha a distância de dois metros, juntos superaremos a pandemia*, dizia o cartaz em cada gôndola: um rosto quase que inteiro coberto por uma máscara multicolorida de flores, em discreta contradição com os olhos, a testa, o cabelo, que pareciam por instinto pedir uma burca mais sóbria: *a mulher de meia-idade. Essa também sou eu, ou quase. Entrando em fase pós-balzaquiana.* A mulher se assustou com o recuo de Beatriz e tirou bruscamente a mão do seu ombro: Desculpe, querida! Como é difícil esse distanciamento, a gente se distrai, meu Deus! É que eu... — e ela mantinha os olhos piscantes em Beatriz, que adivinhava na intrusa um sorriso alegre sob a máscara — ... você não é a Beatriz, minha antiga vizinha?! — e ambas ensaiaram um cumprimento de cotovelos, que ficou a caminho, a paralisia da surpresa e do fio de dúvida, é ela mesmo? *Sim, sim*, concordou Beatriz num sorriso inseguro também invisível, dando outro meio passo para trás, a mulher mais alta que parecia ter de se inclinar em sua direção para ver melhor, uma mulher bonita, uma presença forte, dominante, *e você...* a pergunta suspensa já adivinhando a resposta que parecia escrita naquela faixa visível de olhos claros atentíssimos e testa larga e cabelos revoltos (mas os olhos de Gabriel devem ser os do pai), um olhar de simpatia, quase de felicidade pelo reencontro — alguém pediu licença para chegar aos abacates e as duas se afastaram simultaneamente ligadas só pelo olhar, e voltaram aonde estavam, sempre se mantendo presas —, *é sim a mãe de Gabriel*, Beatriz concluiu e encolheu-se, desejando voltar rapidamente às maçãs, uma criança flagrada em crime, ou apenas alguém com dificuldade crescente de manter relações sociais normais e estáveis, eu sou sempre uma clandestina. Mas a mulher movia-se solta em outra esfera, feliz: Eu sou a Gabriela, sua antiga vizinha ali do prédio da Carlos de Carvalho, a mãe do Gabriel, que foi seu aluno há alguns anos, você lembra? Ele falava tanto de você! Como foram marcantes aquelas lições de português e literatura para ele, que sempre gostou de escrever — de vez em quando ele ainda comenta a paixão pela professora, que aulas!, ele diz —, e para não atrapalhar os fregueses das frutas, Gabriela se afastou novamente meio que conduzindo Beatriz para outro ponto do corredor com a força de um ímã — ele diz até hoje. E como está ele, o Gabriel? (Eu não devia ter perguntado, estúpida, mais dia menos dia ela vai saber, se já não sabe, mas sabe o quê? — e sentiu o rubor se espraiar no rosto sob a máscara preta.) Pois meu filho está ótimo, crescido, você não vai reconhecer!

De repente casa e desaparece, confessou súbita, com uma risada meio triste, e se recompôs imediatamente: E você, querida? Continua jovem e bonita, não mudou nada! Você continua morando ali? Eu gostava tanto desse Mercadorama aqui na praça Osório, tão prático e pertinho! Pois eu dei uma passada ali na rua XV para resolver uma questão na imobiliária (me mudei para o Champagnat no começo do ano, felizmente ainda antes da quarentena — você precisa me visitar! Ó meu cartão, vá mesmo, dê uma ligadinha e venha para um café! Vou ficar feliz! Tem uma varanda grande e arejada, dá até para a gente conversar sem máscara em segurança, enquanto a vacina não chega. O Gabriel vai amar te ver de novo! Bem, em breve ele vai morar sozinho; com a ajuda do pai, que mora em São Paulo, comprou um apartamento maravilhoso, aliás aqui perto, ali na — esqueci o nome da rua, é... — na Comendador! Isso!) — pois passei na XV e lembrei de vir aqui e já levar umas coisas para casa, nessa pandemia quanto menos a gente sai à rua, melhor, a situação está cada vez mais triste. Beatriz voltou a reler os versos para fugir da lembrança circular do encontro, que ia perdendo clareza e nitidez a cada reconstituição mental. Uma impressão de que Gabriela soubesse mais do que dizia. Mas o que há para descobrir? Ou talvez ela simplesmente quisesse saber mais, jogando iscas, depois de algum comentário incidental do Gabriel. Mãe, tenho encontrado a Beatriz quase todos os dias. Meu Deus, como estou apaixonado por ela! Vivo sob o sopro do espírito da queda. Beatriz releu de novo, agora em voz alta — ficaria melhor, mais simples e mais enxuto: Vivo sob o espírito da queda. Apague esse sopro, Gabriel. E ela sentiu de fato uma pequena vertigem, de vez em quando me acontece, e deitou-se no sofá. Isso é puramente estresse. Fechou os olhos até o pêndulo da alma se fixar, imóvel. Agora relia o cartão. *Gabriela S. Lima — Psicóloga*. Imaginou-se na varanda de um décimo quinto andar de um condomínio da Padre Agostinho, face norte, quem sabe até com vista para o Parque Barigui, final de tarde, a brisa agradável, tomando chá com dona Gabriela como num seriado inglês de época, ambas ferinas terçando xícaras vitorianas e mindinhos empinados, enquanto o jovem e promissor Gabriel, a mão sob o colete de botões dourados, parece perdido entre obedecer ao coração ou assumir sua linhagem. Não, não encaixa. Isso é Brasil, Beatriz, não uma aventura da BBC passando na Netflix.

O Brasil existe; não os brasileiros. O Brasil é uma realidade concreta, que se toca com o dedo, com fronteiras tranquilamente delimitadas, terras, prédios, estradas, árvores, passarinhos, carros, aqui e ali uma fábrica, adiante um rio, a três mil quilômetros uma represa e uma montanha, casinhas enfileiradas, uma grande ponte de concreto, outras duas de madeira, mais algumas nuvens, sapos na lagoa, viadutos em curva, uma enorme plantação de milho, uma enseada, uma onça-pintada e uma arara-azul, chuvas, uma ou outra pedreira, praias de areia e algumas de conchinhas, tudo formando uma bela e colorida maquete no tabuleiro da América do Sul, aberta generosamente à visitação. Isso está engraçado, pensou Beatriz, salvando a página que encontrou ao acaso no Google, atrás de temas para conversar com Xaveste daqui a — ela conferiu as horas no relógio da cozinha — doze minutos. "Questões de identidade brasileira", dizia o título do site, em fonte sóbria, sem serifa, sobre um fundo cinza-claro, um típico cabeçalho de jornal antigo, nenhuma imagem, logotipo, fotografia ou referência acadêmica. "Página livre para quem não sabe quem é", dizia o subtítulo. Uma pequena caixa de texto destacava-se em azul logo abaixo: "Envie sua contribuição". Em letras menores, as condições de inscrição, gratuito, 3500 toques (com a advertência: *o tempo é precioso!*), não nos responsabilizamos, reservamos o direito de etc. *Cadastre-se aqui. Receba nossa newsletter semanal.* Beatriz pulou os detalhes e continuou lendo o que parecia ser um editorial, a "Reflexão da Semana", assinada por um certo Vladimir Felt da Silva, igualmente sem referências. Continuou a ler. *Já os brasileiros, esses não existem. O que se vê são duzentos milhões de pessoas, por aí, bastante diversificadas, que não sabem exatamente o que são mas sabem com perfeita nitidez o que não querem ser. Os tataranetos de um ou outro italiano perdido no tempo e no espaço, que hoje não conseguiriam apontar onde fica Roma num mapa, fazem fila madrugada adentro na porta das embaixadas da Itália atrás de um passaporte italiano, porque nunca se sabe para onde correr e lá na Europa sempre dá pra lavar uma louça e receber em euros. As mulheres todas já não estão mesmo tranquilas desde sempre em lugar algum — muito menos aqui, na pátria amada varonil, o olho roxo atrás dos óculos escuros.* Beatriz releu a frase: que loucura é essa?! *Centenas e milhares de autóctones nacionais indistintos na misturança pagam fortunas que não têm para clandestinamente varrerem chão nos Estados Unidos; e, uma vez lá, evitam cuidadosamente a convivência com outros autóctones daqui, assim como jamais se organizam em grupos localizáveis (exceto como turistas em pacotes parcelados), preferindo o trabalho solitário, cada um assustado e protegido no seu canto. Os indígenas que sobraram da matança nesses quinhentos anos se dividem entre ianomâmis, ticunas, macro-jês, tupis-guaranis, jurunas, caingangues, guajajaras, potiguaras e mais uma centena — eles são tudo desde muito antes, exceto brasileiros, assim como os judeus, que não precisam ser nada porque já são judeus, a identidade absoluta passada em cartório e carimbada há milênios pelo Próprio. Os descendentes de alemães e assemelhados que se misturaram por aqui e viraram pardos, ou de pele ou de alma, continuam sonhando em sotaque caipira com algum Kaiser que ponha ordem no galinheiro desse povinho preguiçoso, assim como os fardados, que, brincando de casinha nos quartéis e batendo continência uns aos outros, imaginam muita Ordem e muito Progresso sob a força da grande inteligência cívico-militar em defesa de alguma Nação patriota que, do nada, há de surgir iluminada por eles em ordem unida e única.* Beatriz esboçou um sorriso: afinal, isso é uma página de humor? O Xaveste vai entender esse tipo de graça? Mas é *mesmo* humor? Ou é a seriedade dos tempos, a implosão dos infinitos gradientes de valor, o fim da ironia e do duplo sentido? Nunca se sabe. *Eis por que a literatura, ou a própria ideia de ficção,* havia traduzido Beatriz naquela manhã assim que Gabriel se afastou, *está entrando num ocaso histórico. A clássica distinção entre o que é e o que se inventa se apaga devagar e persistentemente, até o retorno tranquilizador do mito de origem.* Como assim? Preciso reler esse trecho. Beatriz olhou para o teto, pensando — meu cacoete de reflexão, eu vou dizer a ele. Olhar para o teto, que dali o olho não passa: é preciso algum senso concreto de limite. Como na economia, divagou — o teto de gastos, o teto da cabeça. Pensar dentro da caixa não é tão ruim; só é preciso dominá-la, ou nos perdemos. Não há nenhum fim da literatura. Não é da natureza dela chegar a um fim, vou dizer ao Xaveste. A literatura é a Fênix da linguagem, alguém já disse, fazendo poesia com um jeitinho kitsch. O kitsch também é filho de Deus, o mau gosto alimenta espiritualmente milhões de pessoas, ela ouviu uma vez, e de novo achou graça. Bom, é sempre um tema, mas Xaveste anda muito mais interessado é no Brasil mesmo, e sempre volta ao assunto que não interessa mais nem aos brasileiros. Um dos países mais interessantes do mundo, ele costuma repetir, praticando o português brasileiro, *interessanTE ou interessanTCHI*, eu sempre me confundo, diz ele. *O português do Brasil é mais bonito, vocálico, musical.* É porque você não vive aqui, uma vez Donetti respondeu a um estrangeiro que dizia a mesma coisa. Beatriz voltou ao texto do blog, pulando alguns parágrafos, daqui a pouco o Zoom apita. *Os polacos, os negros, os haitianos, os cafuzos, os mestiços, os húngaros, os bolivianos, os gaúchos, os sertanejos, árabes diversos, mais argentinos avulsos, portugueses saudosos, franceses desgarrados, eslavos ortodoxos, chineses budistas, todos cantam ou buscam, ofegantes, alguns furiosos, sempre determinados, as raízes autênticas de algum outro lugar qualquer, uma denominação de origem e indicação de procedência, como vinhos de fina cepa, uma medalhinha, mínima que seja, de nobreza ancestral para botar no peito, qualquer coisa pelo amor de Deus que não nos confunda com a merda brasileira, assim como nisseis e sanseis, coreanos, indonésios, quíchuas, maias, esquimós, finlandeses, moicanos, todos têm um Império do Sol Nascente para chamar secretamente de seu, uma âncora segura de identidade, minha bisavó era inglesa, caralho, eu descendo do Profeta, seus infiéis de merda, meu tio era um verdadeiro mongol, porra, me arrancaram da África onde eu era príncipe, seus filhos da puta, porque já não há futuro algum em parte alguma, só passado, é só com o passado que você pode contar, e, por favor, pelo amor de Deus, que esse passado não seja aqui, qualquer outro lugar serve, menos aqui. Aos que sobram da grande peneira, cadê a tribo brasileira pregada no peito? Vikings, africanos, eslavos, germânicos, samurais, ciganos, árabes, britânicos: todos são alguma coisa, mas aos órfãos brasileiros que restam —* e a janelinha do Zoom abriu na tela com a figura sorridente de Filip Xaveste, Querida Beatriz, bom dia! Já estava com *saudadji dji você*! Está bien hablar — *falar! perdón!* — así? E Beatriz levou a mão aos cabelos e aprumou-se diante dele, o coração batendo um pouco mais rápido, meu Deus, de onde vêm os meus surtos de timidez? E no meio da conversa que se abriu — uma breve distração enveredada entre sorrisos (é um estado de prazer estendido esse nosso encontro, ela pensou mais tarde, relutamos em fechar a janelinha duas horas depois, nada mais a ver com uma consulta técnica de tradução, simplesmente gostamos de conversar) sobre uma suposta distinção entre cultura científica, a observação abstraída, que seria naturalmente digital, antes mesmo que se soubesse o que significa isso, e a cultura existencial, por sua vez naturalmente analógica, funcionando por "identificações emocionais de vizinhança que tocam toda a cadeia de causas e efeitos do nosso dia a dia" (mesmo quando a vizinhança atávica que biologicamente nos modelou não existe mais, o que quebra — e aqui Xaveste parecia se transformar num mestre de anfiteatro, a voz cadenciada de professor, a seriedade do argumento, o gestual preciso dos dedos no ar — o que quebra a antiga segurança analógica da proximidade da tribo, e nos deixa à solta na angústia da liberdade), e ela anotou rapidamente a expressão, *identificações analógicas de vizinhança*, para não esquecer (*leia Tönnies*, ele sugeriu), quando algo atraiu a atenção de Xaveste, que sumiu da tela por alguns segundos e voltou com um gato entre as mãos, erguido como um troféu, *um gato sem orelhas*, ela pensou vagamente refratária diante da figurinha meiga e estranha no colo dele, levando um choque na alma — *tenho um defeito de caráter*, ela teria de confessar, *detesto bichos caseiros, cachorros e gatos, jamais teria um, o que de fato me envergonha; baseada em que você declara que é superior aos animais? Tão superior a ponto de matá-los, estripá-los e comê-los?*, alguém lhe perguntou uma vez, e até hoje ela gagueja sem resposta, *eu não sei* —, mas manteve o sorriso cordial quando Xaveste apresentou o amigo, este é o Gaudí, meu companheiro em Barcelona — pois eu nem tinha contado a você, estou em Barcelona agora, aluguei um carro para fugir do vírus coletivo e vou passar um tempo aqui, que pelo menos me permite ver o mar — tradutora dos meus livros, você sabe que não sou exatamente um nacionalista catalão, e Xaveste riu, mas adoro essa cidade, que afinal é minha. *Ele não tem orelhas* — ela cortou, referindo-se ao gato, que tinha o olhar fixo na direção dela, sob a hipnose dos pixels da tela. — Ah, sim, é um Scottish Fold chocolate, que tem as orelhas dobradas. Não é uma graça? Você gosta de gatos? Eles —

Beatriz, bom dia! Tudo bem? Sim, sim, eu sei — eu deveria pelo menos repetir o padrão e esperar que você se sentasse, respirasse, abrisse o notebook, erguesse o braço para a Sueli, pedisse o café, para só então invadir sua privacidade com a minha paixão estabanada, eu sei. Desculpe, Beatriz, por eu te acompanhar dali até aqui atrás de você como um — não, não vou completar o pensamento, porque você vai rir da minha humilhação consentida. Vou dizer de uma vez a expressão crua: como um cãozinho abanando o rabo. É que você sabe que, de verdade, pode contar comigo. Estou aqui, sempre fiel e sempre a dois metros de segurança. Explico minha agitação: é muita coisa ao mesmo tempo, ou muitos fios desencapados para serem resolvidos antes de eu chegar à paz de espírito; eu ainda nem terminei o relato do projeto do meu pai em São Paulo, naquele encontro mítico que mudou minha vida quando tudo já se encaminhava tranquilamente para uma pequena satisfação provinciana, a existência bem medida na caixinha, um bom cabide de jornalista, a prestação da casa própria, quem sabe uma esposa adequada etc. (Você até poderia fazer parte daquela vida insossa que me ordenava, sempre sonhei com a professora Beatriz, mas seria algo muito distinto do que estou vivendo agora — a intensidade seria outra. Naquele tempo você era quase que só uma idealização juvenil, uma vaga projeção nas nuvens; agora não; agora, acredite em mim, eu sinto na Beatriz uma força feminina poderosa de que não consigo escapar. É fato: o sonho que permanece cria realidade e essa frase de efeito é especialmente eficaz na relação amorosa.) Mas voltando ao que dizia, à agitação que sinto hoje, esta espécie particular de *Sturm und Drang*: é como se cada borboleta que passasse voando entre as palavras exigisse uma imediata mudança corretiva de rumo para não deixar nenhum vazio pelo caminho, e, quando retorno ao principal, parece que outra distração me exige atenção, e assim por diante, de modo a desenhar neste vaivém mental perpétuo a própria vida com tudo estabelecido, de antemão, tudo ajustado sob um rumo sólido. Sem falar nos poemas, que de um lado tentam realizar o projeto do meu pai, o definitivo "você é um poeta", e de outro desmontam seu pressuposto inegociável, o "jamais se apaixone", o mandamento que ele repetiu dezenas de vezes, o que às vezes me soa como dois comandos incompatíveis do ponto de vista lógico (mas não tenho certeza: a ideia de que poesia é necessariamente paixão talvez seja apenas o reforço de um lugar-comum, fruto momentâneo da circunstância, o meu amor por Beatriz, o mito e a mulher real em uma só figura, ao modo de Dante até no nome, isto é, você; mas nada impede, pensando bem, que a frieza, a distância, a solidão de moto-próprio ou a substância do gelo observada e vivida com indiferença sejam igualmente poéticas, e aqui também eu penso em você, o mundo sob a sua perspectiva, a alma da distância). Aprendi com você, quando analisava os românticos brasileiros para o vestibular, no fascínio da adolescência, os recursos do metro, as batidas da prosódia e o engenho das rimas: o poeta é antes de tudo um *fabbro*, eu tendo a acreditar, embora nesse momento já não esteja tão seguro disso, isto é, que ele seja apenas um artífice. Há mais alguma coisa em jogo que eu ainda não domino. Talvez seja o tempo; todo bom verso desloca-se de onde está, do seu próprio instante. Voltando aos poemas, que são como que minha segurança pessoal nesse instante turbulento da vida: na última vez, envelope à mão, eu parece que ouvi a tua respiração do outro lado da porta, puro fruto do desejo, e por pouco não apertei a campainha; imaginei o teu rosto surpreso ao me ver e antecipei nele uma aura de alegria — Beatriz, não ria, por favor, do que estou dizendo: você não imagina como isso me move e me toca —, mas não me senti seguro; tive de me controlar para não pôr tudo a perder e saí daquele corredor tão silenciosamente como cheguei, cumprida a tarefa sob o vão da porta. Desci devagar pela escada, para pensar tranquilo no que estava acontecendo comigo (eu estava sentindo a mesma vertigem que cantei nos versos), e no térreo o porteiro pareceu ler algo estranho na minha testa: "A dona Beatriz não estava em casa?", o que me obrigou, atrás da máscara, a um imediato e afável "Estava, sim! Eu só fui entregar um trabalho", e saí para a rua ainda tonto, com a sensação de que não havia dito exatamente uma mentira. Mas retomo o fio da minha agitação nesta manhã, para você compreender e perdoar a minha ansiedade: dona Gabriela me contou, animadíssima (entre todos os defeitos da minha mãe não se inclui a depressão: ela pode ficar triste, irritada, mesmo furiosa, mas nunca deprimida — em todas as situações ela parece que luta para extrair o quanto antes a saída prática das dificuldades; um olhar objetivo, foi a expressão que meu pai usou sobre ela, tua mãe tem um olhar objetivo, até cortante, ele disse, como quem reconhece a contragosto uma qualidade do inimigo que é preciso respeitar. O que são apenas adivinhações mútuas: eles nunca conviveram de fato, depois do acidente do primeiro encontro que se complicou em mim — falaram-se mais nos últimos seis meses, graças ao dinheiro da loteria, do que nos vinte e cinco anos anteriores, quando ela carregava em silêncio o piano, isto é, este poeta que vos fala. Um piano é um objeto desajeitado. Não franza a testa, Beatriz: é só uma brincadeira. De certa forma, meu humor resulta de um conselho do meu pai que eu já seguia à risca sem saber: leve-se a sério, mas nunca demonstre isso. Um poeta que não se leva a sério não merece escrever e menos ainda ser lido, mas lembre-se de que você estará sempre a um passo do ridículo, ele me disse naquela inesquecível churrascaria em São Paulo.) Ah, a Sueli — bom dia, Sueli! Nem tinha visto você atrás de mim. Faça o pedido, Beatriz, que eu já completo rapidinho o relato e deixo você trabalhar. Engraçado, eu também tenho preferido o café suave. O outro, aquele um, esqueci o nome, anda muito forte. Eu até achei que era problema da máquina e não do café. Sim, sim, claro, claro. Eu já vou lá, Sueli, fazer meu pedido. Um minutinho. Mas prosseguindo, Beatriz, só para fechar a meada: eu falava de dona Gabriela, que chegou espavorida em casa, contando que já estava com a escritura do meu apartamento em mãos, tudo certo, mas que antes da mudança eu deveria encomendar uma cozinha completa com um balcão de granito, uma coisa boa e definitiva, lá naquela firma da Getúlio Vargas, eu soube que eles não fecharam na pandemia e estão aceitando encomendas tomando todos os cuidados, a instalação de uma cozinha nova num apartamento vazio é tranquila e sem risco, porque está cheio de idiotas alegrinhos por aí transmitindo o vírus sem máscara, ela disse, tenho o telefone da empresa aqui; e em seguida, abrindo um sorriso feliz, ela propõe a charada: e adivinha quem eu encontrei hoje no Mercadorama da praça Osório? A referência àquele supermercado próximo de casa onde tantas e tantas vezes eu seguia você em segredo nos meus dezessete anos, fascinado pela professora, me empalideceu — senti mais uma vez a breve vertigem do meu poema. Ela encontrou Beatriz, concluí no mesmo instante. Levantei os olhos do livro que estava começando a ler — *Júlia ou A nova Heloísa*, do Rousseau (leia os clássicos, leia os clássicos, meu pai repete sempre que falamos, não perca tempo com besteira, leia os clássicos) —, ainda com a frase pela metade que me lembrou você mas em situação inversa, o preceptor apaixonado pela aluna, quem me dera fosse o caso, *o seu silêncio, a sua fria reserva denunciam com clareza excessiva a minha infelicidade*, confessava o personagem, e eu planejava dizer que não tinha a menor ideia de quem ela havia encontrado, já imaginando o que vocês teriam conversado e como eu iria explicar à dona Gabriela por que jamais fiz referência aos nossos encontros aqui no Café, caso você tivesse contado a ela do nosso relacionamento, talvez até dos poemas (desculpe: não "relacionamento", é claro, perdão, Beatriz, não foi minha intenção; corrigindo: dos nossos simples encontros de dez, quinze minutos, foi nada mais do que isso que eu quis dizer). Resumindo: antes mesmo que eu falasse qualquer coisa, ela não resistiu ao próprio suspense e confessou atropelada: aquela menina, a professora Beatriz, de que você gostava tanto, se lembra? Das aulas do vestibular!, ela insistiu, diante da minha falsa desmemória — e eu respirei aliviado, ela não sabe de nada, um alívio de fato curto, porque eu já me imaginei vivendo com Beatriz naquele apartamento com a cozinha nova e o balcão de granito, se eu chegar mesmo a conquistar você, e em algum momento eu teria de contar à dona Gabriela, romper este fio, se você entende o que quero dizer, e ela se sentiria traída pelo filho por eu ter ocultado você todo esse tempo. Eu até vejo as mãos dela na cintura, a decepção no rosto: por que você não me contou antes?! Tudo bem, tudo bem! — nem precisa dizer. Tradução atrasada, eu sei. Bom trabalho, Beatriz. Eu vou lá fazer meu pedido à Sueli ou ela não sairá do meu pé. E retomar o Rousseau.

Beatriz acordou de um sonho confuso que, começando aparentemente tranquilo, à beira do lago de Genebra — nenhuma dúvida, este é o lago da República de Genebra, onde nasceu Rousseau, alguém insistiu fazendo caretas irritadas sob a máscara colada na pele —, se encaminhava rapidamente para a angústia de um pesadelo cada vez mais sufocante, em torno da *fantasia identitária* — esse é o tema dos ensaios do livro do Xaveste, ela respondeu com firmeza, e isso como que a convenceu de que o sentimento ruim que vivia nesse momento era apenas um sonho, não a realidade (uma sensação momentaneamente libertadora, *eu vou escapar daqui*), porque *a fantasia hereditária*, Beatriz prosseguiu — e alguém gritou agressivamente, *não é hereditária, idiota*, você não entendeu nada, mas Beatriz mesmo calando-se disse a si mesma, *a tradução está confusa, preciso resolver o duplo sentido; Xaveste é um ensaísta digital, não um ficcionista analógico; as coisas têm de ficar claras para o leitor; e isso é um livro que não faz parte do sonho, é um livro verdadeiro que estou traduzindo, portanto eu devo acordar e voltar à segurança tranquila da vida real, onde as coisas são exatamente o que parecem ser*, e de fato acordou, sob um sopro de angústia que logo se transformou em alívio. Se alguém tem dúvida de que a vida real, concreta e objetiva, existe de fato, é porque nunca acordou de um sonho, ela ainda pensou em responder a alguém difuso que evaporava do sonho, e tentou no mesmo instante recompor a memória do que tinha vivido, refazer os detalhes do que agora, na penumbra da manhã e na segurança dos olhos abertos, lhe pareciam interessantes, quem sabe sinais de um oráculo pessoal, um pequeno conto com começo, meio e fim, alguma mensagem revelada exclusivamente para ela — basta deixar o sonho nítido, a alegoria cristalina, isto significa aquilo e aquilo significa isto, e tudo se tranquiliza, mas a sequência lhe escapou em segundos, sobrando apenas fragmentos de sensações desconexas e a imagem do lago de Genebra. Quem estava ali comigo? Era alguém importante para mim a ponto de me afetar emocionalmente, disso me lembro, mas em torno do sentimento restou um vácuo na memória. Olhou a hora no celular: 6h39. Cedo ainda, e fechou os olhos, sentindo um fluxo suave de desejo que ela percebeu e ao qual se entregou, deixando-se invadir, o desejo é a defesa protetora do corpo, abrigue-se neste breve prazer, Beatriz, relaxe um pouco, e por alguns segundos ela dobrou-se sobre si mesma, sentindo o corpo tépido protegido pelo calor das cobertas, Curitiba é sempre fria, dizia Donetti, uma frieza estendida, de fato uma qualidade da alma, não um simples fenômeno facilmente explicável pela altitude e pelo ângulo do sol. Mas o prazer do sono remanescente já estava contaminado pela claridade e por um excesso de estímulos e ela abriu de novo os olhos. Hoje eu não vou sair, decidiu, num rompante de animação para expulsar a ansiedade residual do sonho — vou adiantar a tradução e não me distrair com nada, e no mesmo instante imaginou a figura do poeta solitário, café esfriando à mesinha, olhos na entrada, sofrendo minha ausência, exatamente como ele imagina que eu estou pensando: ela virá hoje? Beatriz admirou-se: não terei sido enfática na minha recusa? O fato de eu nem sequer autorizá-lo a sentar-se diante de mim já não é um sinal eloquente por si mesmo? Ele entenderá essa linguagem óbvia não escrita, ou está por completo hipnotizado pela ideia da paixão? (Poderia perguntar ao Xaveste, num momento descontraído qualquer: a paixão é só a combustão de uma pura ideia? Não seja louca, Beatriz. Ele é apenas uma figura virtual na tela, que pode se desligar com um estalo, não um amigo íntimo a quem você está autorizada a se revelar; você nem conhece o hálito dele, um ser sem cheiro; é preciso tocar numa pessoa para conhecê-la de fato, sentir nos dedos a resistência da pele.) A dificuldade de dizer não. É uma síndrome universal, uma dificuldade cultural brasileira ou um fenômeno exclusivo meu? *Você não sabe dizer não*, dizia-lhe a mãe desde sempre, como um elogio. *Uma criança tão gentil*, e ela passava a mão carinhosa nos cabelos da filha. Não significa não — mas é preciso enunciá-lo, torná-lo um objeto concreto, uma presença física e incontornável no ar: não. Como a camiseta da moça que viu na rua, letras imensas, preto sobre o branco: NÃO É NÃO. Nenhuma dúvida. Ou apenas não quero afirmar uma recusa definitiva, deixando uma margem ambígua de escape, para um lado ou para outro? É o inconsciente ou o consciente que determina isso? Ou, como quase sempre, você está apenas fazendo uma tempestade moral de um evento curioso e divertido de sua vida: o poeta Gabriel e suas declarações de amor. Não seja dura. *Uma criança gentil*, e ela sorriu, escovando os dentes diante do espelho. Dois fios de espuma escorreram nos cantos dos lábios e ela fez uma careta de Drácula mostrando os dentes empapados, *grrrr!...* — mas Beatriz lavou o rosto sem rir, tentando recapitular-se. Alguma coisa que ligasse os fragmentos do sonho com a figura do Xaveste, uma presença diária cada vez mais forte. Começo a sentir falta dele quando demoramos a conversar. Talvez seja a solidão da pandemia, para ele e para mim. *Venha me visitar em Barcelona, Beatriz*, ele convidou, passando os dedos na cabeça encolhida de Gaudí, o gato sem orelhas, que fechava e abria os olhinhos em câmera lenta. *É um lugar-comum, mas nem por isso menos verdadeiro: o que eu amo nos gatos é a sua independência*, disse

Xaveste. Serei eu uma gata independente? — não se infantilize, Beatriz. O que eu sou, afinal? Eu posso desejar uma não identidade?, ela pensou em perguntar a ele. Reviu-se contando às amigas do curso de letras — faz anos — o seu espanto diante de um formulário, uma espécie de pré-currículo para um pedido de estágio, com o item obrigatório a ser preenchido, *etnia*. O que eu ponho aqui? Eu tenho alguma "etnia"? O que a define é a genética ou a cultura? Elas sempre coincidem? O imperativo alheio, o imperativo pessoal, uma mistura dos dois? A mistura, provavelmente. A memória se fundiu com outra, de outro momento, mais tensa, que ela não esqueceu: *só pessoas com identidade de prestígio, carimbada implicitamente na pele, podem se dar o luxo da não identidade*, disse-lhe alguém, num tom agressivo. Identidade é uma coisa, etnia é outra? Pôs água para ferver para o café e foi ao notebook, ainda aberto na mesa da sala, *preencher o meu currículo*, e ela riu da ideia, sentindo que a ordem do dia desandava, inteira dispersa e desconcentrada. MINHA IDENTIDADE. Minha identidade começou quando eu nasci (744.486-9 PR) ou quando meu pai, minha mãe e meu irmão morreram num acidente (de que me senti obliquamente culpada, porque eu deveria estar com eles no carro mas preferi ficar em Curitiba fazendo um trabalho final da graduação)? Ou no fracasso patético do meu primeiro casamento, ao qual me joguei como refúgio assim que me vi sozinha? Meu Deus, o que eu vi naquele imbecil? Hoje deve estar embrulhado em verde e amarelo pedindo a volta da ditadura militar. Ou na minha primeira traição, por puríssima e gelada vingança? Ao mesmo tempo, a redescoberta do sexo: a coisa em si. Não se arrependa. Ou com Donetti, minha paixão intelectual, âncora de segurança de cabelos grisalhos que acabou em estilhaços emocionais, pequenos cacos de sabedoria pregressa que vou juntando do chão para montar um velho quebra-cabeça: o que houve comigo? Ou minha identidade real começou de fato com Chaves — Beatriz, enfim, na vida adulta e independente, a clara ascensão profissional, as portas da metrópole, planos e mais planos pela frente, o céu é o limite, para tudo acabar prosaicamente com a minha fuga, não fomos feitos um para o outro, nem eu para ser segunda, foi bom enquanto durou, voltemos às nossas vidas profissionais e que cada um seja feliz no seu canto. Não há muita identidade a tirar daqui: é só o currículo de milhões de pessoas semelhantes partilhando uma vida em comum. Não: cada uma é uma única. O detalhe simples que sempre esqueço. Não ponha todas as vidas no mesmo saco. Por que você não escreve?, também Clarice às vezes lhe perguntava. MINHA IDENTIDADE: A MISSÃO. Talvez eu deva começar pelo mapeamento genético, como fez o Gabriel. Veremos, nas nossas árvores genealógico-genéticas, se temos paixões e humores compatíveis. De minha parte, o que temos aqui? Vejamos, Beatriz imaginou, o gráfico colorido do laboratório diante dos olhos: trinta e dois por cento polaca, vinte e dois por cento portuguesa, quem sabe dezessete por cento húngara! Meu Deus, o que será que isso significa: sou dezessete por cento húngara! *Consegui um filme húngaro muito bom, uma raridade, levou um prêmio no Festival de Berlim*, disse-lhe o pirata Cândido antes da última reunião, só os dois na tela. *Quer que eu mande o link pra você? Uma cópia ótima.* Espere! O que temos aqui? Doze por cento indígena sul-americana! O que dá uma ligação fina e longínqua com os esquimós, mais, é claro, com a África, de onde todos viemos, são sete ramificações bíblicas, dois por cento aqui, oito por cento ali, quatro por cento acolá, como linhas de nervos se espraiando no continente imenso, de Angola ao Sudão, e isso não é uma fantasia. Beatriz fechou o notebook, com um suspiro. Chega de besteira, preciso trabalhar. A chaleira apitou na cozinha — vou passar o café.

Desejo

Amantíssimo ser, ele sente falta
Da ave trêmula que imaginou cingir nos braços
Como um triunfo.

Agora ele tateia o nada
À sombra da pandemia.

O café, o livro, a memória: pequenas ruínas.

Sem honra e sem amor
Hoje vaga cego entre ruas que no sonho
Foram suas.

Escuta o silêncio, sinfonia
De acordes secretos
De uma partitura de páginas em branco
Que, imóvel, sequer respira.

(E Deus lhe sopra no ouvido
O que ele teima em não ouvir.)

Batista parecia feliz no quadradinho do Zoom, fazendo o relatório de matrículas e distribuindo aulas: Beatriz, temos sete estudantes já inscritos no Laboratório de Texto, o novo curso online da Usina, o que não é pouco para um programa novo lançado há apenas três dias, ainda que boa parte deles — quer dizer, e ele consultou uma ficha, mudando o rumo da frase, a maioria esmagadora, são seis mulheres e apenas um homem, o futuro da escrita, da leitura e da civilização é inteiro feminino, hoje em dia só mulher lê — e Batista fez o comentário sem rir, como quem não está brincando, apenas constata um fato real, objetivo e incontestável; em outro quadradinho o jovem Daniel deu uma risada fora de tom com um *estamos todos fodidos*, e no silêncio expectante não ficou claro se a piada se referia apenas aos homens e seu merecido castigo, ou à humanidade em geral em consequência do suposto domínio feminino, seguido de um *foi mal aí, pessoal*, com um meio-sorriso e um gesto desenxabido. Batista ignorou e prosseguiu com um tom de voz que beirava o lamento, mas a excelente proposta do curso de tradução, uma área em que a Usina definitivamente vai ter de entrar, teve apenas dois interessados, ainda não inscritos, e eu não sei se devemos — aqui o vice-diretor Cândido cortou ansioso, eu acho que sim, já conversamos sobre isso, acho que devemos manter o projeto do curso de tradução da professora Beatriz mesmo com apenas um aluno; aliás, isso é irrelevante, na minha opinião o curso deve ficar permanentemente aberto no portfólio da Usina, não custa nada e nos dá prestígio, e Beatriz sentiu-se mal vendo-se no centro de uma discussão condescendente que, ela imaginou irritada, de certa forma a diminuía, um objeto a ser protegido, *não seja paranoica, Beatriz, eles gostam de você — é TPM?* — a voz e o sorriso irônicos de Donetti de anos atrás voltaram-lhe nítidos à cabeça com a mesma fúria impotente que sentiu, *Tudo bem, Batista; vejam o que for melhor, concordo com o que vocês decidirem, eu tenho de sair agora e mais tarde tenho aula*, uma mentira e uma verdade de desculpas, e um tanto abrupta sorriu, levantou a mão e despediu-se dos cinco quadradinhos fechando o notebook de um golpe. *Fugir para Barcelona.* Já que o evento no Brasil foi cancelado, quem sabe você possa vir a Barcelona, insistia Xaveste, deixando o gato sem orelhas escapar de suas mãos — alguma coisa fora da tela pareceu interessá-lo vivamente; o bichano ergueu a cabeça e deu um salto saindo de cena, mas Xaveste nem por um segundo desviou os olhos de Beatriz, esquecido de Gaudí e apenas interessado na viagem da sua tradutora — estou falando sério, ele insistiu, a pandemia não vai durar para sempre. Pense nisso. Você já veio à Espanha?, e ela disse *eu viajo muito pouco*, querendo mudar de assunto, porque de fato quase nunca saiu do país — e veio-lhe à cabeça com uma pontada de angústia regressiva a inesperada viagem a Paris num encontro de escritores latino-americanos com o *enfant terrible* em fim de carreira Diego M. Marcondes, o conhecido, ou notório, M. M., como apelidavam os colegas com um sorriso, o que ela só soube depois. *Venha comigo*, ele disse ao telefone com o tom meio arrogante de quem ordena, *preciso de uma intérprete, meu francês é horroroso*, e Beatriz aceitou de imediato a proposta de trabalho (era do que se tratava) com o tom feliz de quem obedece a uma ordem desejada e com a alegria explosiva de um clássico conto de fadas literário (mas, ela sabe perfeitamente, aceitar aquele convite era só outra vingança, dessa vez contra Chaves, editor e amigo de Marcondes, como se ela repetisse compulsiva o mesmo padrão de traição, *cherchez l'ami, Beatriz*). *Conhecer Paris com um grande autor, meu Deus!* — fantasiou ela para esquecer a motivação secreta, e em seguida se viu sob um estatuto pessoal e profissional incerto, um gradiente cada vez mais desagradável de relação mútua que variava entre a pura secretária de um escritor frio e distante em luta discreta para se fazer maior do que era, tirando leite de pedra do lançamento de seu romance em francês numa editora pequena, *mais uma amostra da exótica irrelevância brasileira*, como ele mesmo dizia em autoironia; e a namorada carinhosa no hotel, talvez esperançosa, simples espelho de um homem que tem casos sem culpa, fazendo pedidos infantis, *vamos ver a Torre Eiffel?* — uma variação controlada de humor e de afeto que, ela de repente percebeu *como uma cega que opera catarata e vive a epifania da visão* (mas Clarice, quando ouviu a história, deu-lhe um outro sentido simulando afeto e tocando-lhe a mão, *é bem assim mesmo quando cai a ficha, o sentir-se puta, um azedo mortal que a gente não sabe de onde vem, como se só eles tivessem esse direito*, o que chocou Beatriz, *eu jamais pensei nesses termos*, mas não rebateu, paralisada pela ideia), uma variação bipolar que dependia do momento e do público. Só então, em algum momento daqueles sete dias fátuos e ansiosos, ela teve em um estalo a dimensão da *deformação moral do escritor*, a expressão era dele mesmo, do próprio M. M., como quem canta uma qualidade esquisita e surpreendente — *a literatura deforma quem escreve*, confessava o próprio Marcondes nas suas palestras, com a seriedade simulada da ironia, a blague de salão que ao mesmo tempo era uma autojustificativa de uso interno, às vezes dirigida obliquamente a mim, como um Cristo das Letras, *perdoa-me, querida, porque eu não sei o que faço*, imaginava Beatriz, quando ainda tentava entendê-lo. Um grande filho da puta, um imenso filho da puta. Mas isso já aconteceu há dois anos, o asteroide de depressão que bateu na minha cabeça e sumiu. Hoje sou livre, ela disse em voz alta, xô passado! Ir a um terreiro para um descarrego geral, é isso que devo fazer, e se lembrou de sua amiga umbandista (*baseada em que sistema racional você pode dizer que tomar uma hóstia é mais purificador do que um transe físico-musical para expulsar os maus espíritos do corpo? Nessa área, o real é inútil; interessa o que você sente*) — talvez ligar para ela, retomar a recordação da amizade, *me leva para um terreiro*, mais um desejo que se esvazia no exato momento em que se formula, uma síndrome repetitiva da pandemia total que paralisa a noção do tempo, o instante eternizado, o andar em círculo, a vida suspensa desde o ar que se respira numa atmosfera nauseante, *não dá para escapar, Beatriz*, a ânsia de vômito a cada declaração, gesto, palavra, atitude, cada ríctus do governo num crescendo diário de estupidez iletrada, a violência e o escarro e a burrice e o grotesco e o sarcasmo, figuras borradas e escarmentas com a linguagem inteira estropiada cuspida aos pedaços, perdigotos de sentido jogados para uma procissão de imbecis, a patologia pulsante, *o escroto escatológico como expressão de Estado*, alguém definiu, *e há quem chame isso de mera diferença política*, e Beatriz refugiou-se na imagem de Bruegel, *El triunfo de la muerte*, está no Prado, disse-lhe Xaveste, talvez mais um passo de sua conquista — só esta tela já é uma boa razão para você vir à Espanha, Beatriz; você pode passar uns dias em Madri, eu serei seu guia (veja como eu sou um catalão tolerante! — e Gaudí voltou de um pulo ao colo dele, os olhinhos espremidos em direção de Beatriz, como para alertá-la com um sinal secreto), e depois Barcelona. Tenho um apartamento em Madri, que meu filho (do meu primeiro casamento) usa raramente; está fazendo uma graduação em informática na Finlândia (basta de filosofia, ele me disse uma vez, *yo no soy filósofo!*, a tradicional revolta adolescente contra o pai ausente, mea-culpa, Beatriz, eu deveria ter sido um pai melhor), e deve ficar por lá por um bom tempo. Eu até brincava com ele: é estranho um espanhol catalão se apaixonar pelos nórdicos, aquela racionalidade do gelo e da noite sem fim, até descobrir pela mãe (porque ele nunca me conta nada) que ele está apaixonado não pela informática, mas por uma nórdica, e Xaveste parecia feliz pelo filho. Você pode usar o apartamento quando vier. Claro — e o tom de voz entristeceu-se —, não agora. Nem sabemos quando isso vai terminar. Sim, pensou Beatriz, repetindo a litania de um ritual sem saída, tudo, qualquer coisa, possibilidades infinitas — *mas não agora*. Uma paixão para me redimir. *Mas não agora*. A liberdade de viajar. *Mas não agora*. A alegria dos encontros. *Mas não agora*. Uma residência de tradução no Canadá. *Mas não agora*. Deus despejou a peste sobre a Terra e decretou a suspensão do mundo por tempo indeterminado até a remissão completa dos pecadores. O preço de arriscar é multiplicar a peste, e em seguida, numa seleção caótica da natureza, vêm a falta de ar, a intubação (se houver oxigênio), a inconsciência e enfim, lotericamente, a morte, cadáveres enterrados sem choro nem vela, por segurança sanitária — a retroescavadeira abrindo covas em fila, Beatriz lembrou da imagem difusa, mortos empilhados, o arquétipo atemporal reatualizado de tempos em tempos para nos relembrar a presença perpétua do apocalipse, não o de Deus, mas o dos homens. Pensou em rever na internet a tela de Bruegel, e desistiu, a Espanha e Xaveste evaporando-se. Não estetize a vida, Beatriz. Não faça interpretações poéticas. Nada de escapismo fácil. Seja dura, prática, objetiva. Uma tarefa de cada vez. Apenas se cuide, atentando sempre aos detalhes, e mude de foco mental. Que tal ver o drama húngaro da Segunda Guerra ou a comédia argentina dos assaltantes de banco que o colega pirata ofereceu na semana passada? — *eu mando o link, é só clicar*. Abriu de novo o notebook e a reunião da Usina reapareceu, agora três quadradinhos conversando, e ela assustada deu um clique em *sair da reunião* e fechou a janela, meu Deus, eu não tinha desligado, será que me viram? Pensou em retomar a tradução — continuo atrasada, a pandemia está me atrasando, tudo me atrasa, tenho todo o tempo do mundo e a dispersão me leva em círculos, as caminhadas ao Café estão me atrasando, o poeta está me atrasando, minha vida está atrasada, tenho projetos existenciais inteiros a se realizar adiante — mas em vez de retomar o trabalho, abrindo o capítulo 7, "Estado, etnia e consciência identitária", a primeira frase da tradução inacabada na página, *A fracassada experiência de Platão em Siracusa, caso não tão raro do filósofo que* — e relembrou a oferta de Xaveste, relegando-a mais uma vez ao terreno da mera gentileza, claro que foi só um gesto gratuito, especialidade de artistas. Distraída, acabou reabrindo a página salva das bizarras *Questões de identidade brasileira*, que diabo será isso, uma mistura de jargão acadêmico com, sei lá, poesia de blogueiro, lendo mais um trecho ao acaso — *e, como vimos, há um Brasil no tabuleiro, mas nele não há brasileiros por falta de interessados (brasileiros no sentido estrito e clássico de nação, talvez ao modo da "Kultur" alemã, a argamassa comum que não pode ser criada de estalo — ou existe ou não existe —, embora, é óbvio, haja um vivo e mutante processo brasileiro que define a sua civilização). Pergunta: essa maldição colonial identitária, típica da periferia do mundo, sempre fundada altissonante sobre cemitérios sem fim de indígenas e negros, esse seu fracasso orgânico como nação poderia se tornar uma inesperada vantagem operacional nos tempos globais? Isto é, seria possível acontecer aqui, por readaptação utilitária, a utopia de um Estado secular moderno, sob a força de um contrato civil coletivo de sobrevivência mútua completamente despojado da ficção unitária (e sempre muito perigosa) de "Pátria" e fantasias militares e sociais afins? Numa hipótese, o Graal identitário se encontraria, afinal, com as guildas corporativas de sempre que definem e controlam os poderes dominantes do nosso Estado-governo, cada polaco protegido em sua colônia; em outra* — cada polaco na sua colônia é engraçado, piada de sulista, e Beatriz interrompeu a leitura pensando não no que estava escrito, já sem paciência de entender, mas se aquilo poderia interessar Xaveste, *sou apaixonado pelo Brasil*, ele diz sempre. Fechou o notebook mais uma vez para se livrar de uma teia incômoda e desagradável, quase física na pele, *a gosma da preguiça*, sua mãe costumava dizer, e ela, criança, passava a mão na pele, *não tem gosma nenhuma aqui*, e imediatamente pensou em abrir o computador de novo para romper o lacre da manhã e enfim trabalhar. Vamos lá, Beatriz — e os olhos se desviaram do texto até o papel branco sob a porta.

Uma falsa indecisão: retomar o trabalho ou ler o (provável) novo poema de Gabriel? Testou a vista de longe: hoje a poesia veio com envelope ou sem envelope? Não dava para saber dali. Viu as horas no relógio da parede da cozinha, através da porta aberta — dez horas. Levantou-se e foi em direção contrária, à janela da sala, que abriu. Uma brisa friazinha, mas agradável, de setembro, e Beatriz acariciou os próprios braços para aquecê-los. Sentir a pele. Sinta a pele, sussurrava Chaves, o bom amante e péssimo marido. Seria melhor o contrário? Um marido bom é para sempre; um bom amante tem vida curta. O que diria Boccaccio? Consultar o *Decamerão*, uma curta válvula de escape na manhã depressiva. Na calçada lá embaixo, uma família com um carrinho mambembe de recicláveis, o pai, a mãe, a filha, ela calculou (ou é um menino? não, deve ser mesmo uma menina, o jeito como se move), investigava sacos de lixo das lojas em frente, e imaginou — um garimpo urbano — que aquilo seria um butim especial, muito papel e material reaproveitável, caixas, vidros e plásticos, volumes que o homem parecia organizar com cuidado no carrinho, chegando a se afastar um passo para contemplar o resultado, talvez avaliando como estaria o equilíbrio dos pesos na hora de arrastar no braço a carrocinha. A mesma postura, mãos na cintura, ela imaginou absurdamente, de um artista avaliando o efeito visual de sua obra numa instalação de bienal. Não dava para saber se estavam com máscaras, e por alguns instantes os olhos de Beatriz se fixaram nessa possibilidade, para testar a vista — qual foi a última vez que fui ao oftalmologista? Quando ainda tinha carro e precisava renovar a habilitação? —, e afinal desistiu da paisagem, fechando a janela. Voltou os olhos para a sala, o notebook esperando-a na mesa, às onze tenho aula, e a lembrança provocou uma ansiedade difusa no abdômen (que ela pressionou levemente, atrás de um sinal concreto), a sombra da depressão. Isso é mental, alguém uma vez lhe disse sorrindo, o dedo apontado contra a própria cabeça como o cano de um revólver. Pensou em recolher do chão o poema — afinal, por que ainda não deixei as coisas suficientemente claras para ele? Simples assim, curta e grossa: desapareça! Ora, porque ele te interessa. Talvez não ao modo que ele imagina interessar você, *Sturm und Drang*, tempestade e êxtase (e Beatriz pensou — vistos de longe, em segurança, os loucos são engraçados), mas interessa: uma pedra rara, um homem bonito, uma curiosidade, um encontro inesperado, um rasgo de companhia, uma charada, a simples possibilidade de conversar, uma presença mais ou menos familiar, uma pura revelação em palavras, uma poesia. Ou apenas, o que talvez seja tudo, alguém que gosta de mim. Ele imagina que está me conquistando, como se fosse ele o troféu do que escreve, um erro milenar; o ouro mesmo são unicamente os versos. E não se conquista uma crítica literária pessoal, difícil e exclusiva como eu (já cometi este erro; hoje sou dura como pedra, ela disse em voz alta, como um experimento da imaginação, um projeto de autoengenharia — dura como pedra); agora, em vez de conquistada, esta Beatriz só pode ser convencida, à distância, caso a caso, sem nenhuma garantia. O futuro do poeta permanece apenas como perpétua possibilidade, mera cenoura adiante do trote do cavalo; a esperança é só ela mesma, uma ideia do futuro, simples sombra do instante presente que consome e esgota o que vem pela frente; o seu destino é não se realizar. Como se o que nos mantivesse vivos não fosse o pé no chão, mas a miragem. Segundo Xaveste, ela relembrou misturando cenas reais com a lógica dos sonhos, ainda sem se mover em direção à porta, *a ficção de um futuro coletivo final e racionalizado, sagrado ou secular, o que dá no mesmo, determina o dia a dia de milhões de pessoas; de fato, a fantasia do progresso moral é um poderoso aglutinador social* — imagina-se sempre que há uma moral da história na História, a invenção de Platão retomada pelo cristianismo e mais tarde assumida como rigor de ciência pelos profetas neomedievais, socialistas ou liberais. O ridículo espírito da História. Que ética é aceitável para escapar desse delírio coletivo? *O ativismo delirante, hoje ubíquo na rede, é o alimento cotidiano dos pequenos Torquemadas e seu messianismo partidário, abençoado com a letra de Deus.* Eu poderia aceitar o convite e ir mesmo à Espanha, fugir daqui de uma vez e encontrar meu destino como pensadora, e imaginou seu nome na capa de um livro editado por Chaves, o título em azul, *A solidão feminina*, não, não, não, muito brega, meio antigo, passivo demais; que tal, Chaves diria, pensando nas vendas, *A identidade da solidão*, ou quem sabe *na* solidão. O que você acha — *A identidade na solidão?* Melhor ainda: *A solidão identitária*, ele perguntaria, falsamente democrático e falsamente em dúvida, já sabendo que iria mesmo se decidir pelo título dele. Que, em geral, era de fato sempre o melhor. Rompeu a paralisia momentânea para pegar o poema, já com a determinação neutra de quem deve simplesmente cumprir de uma vez uma tarefa profissional e ficar livre do serviço, mas em vez disso foi antes à cozinha, beber um copo d'água, o que fez em goles lentos, um a um, os olhos opacos na janela opaca que dava para um paredão opaco de janelinhas opacas, que manhã de merda. Largou o copo vazio na pia, voltou à sala, foi ao corredor e abaixou-se para pegar o envelope — hoje era um envelope, e enquanto andava de volta até a poltrona leu e releu a dedicatória manuscrita, a mesma letra incerta e canhota, quase infantil, *À querida Beatriz, musa e paixão, com a esperança do amor.* Dessa vez a assinatura era apenas um *G.* Ela lembrou vagamente do título de um romance, apenas *G.*, imaginando se a inicial agora seria alguma pista de um jogo de sentidos, uma piscada em segredo; poetas gostam desses lances de signos. Não, neste caso certamente não; Gabriel é uma figura direta e sincera como um herói romântico. Emoção bruta, forma indócil. O romântico não cabe em si. Transborda. Não tem tempo para firulas intelectuais. Releu mais uma vez: *esperança do amor.* Todas as cartas de amor são ridículas, essa é só mais uma, mas cartas de amor continuarão a ser escritas até o fim dos tempos. É parte do jogo. Não seja desonesta com ele antes mesmo de começar. Ainda bem que o meu poeta não é prosador: que pobreza de dedicatória, meu Deus! Vontade de passar a caneta vermelha no envelope e anotar: *Reescrever a dedicatória!* — seria um modo de marcar distância aqui, ela pensou, mas ele entenderia o reparo como um gesto de graça. Enfim abriu o envelope e desdobrou a folha quase rasgando-a, de repente sôfrega, a curiosidade acumulada desabou inteira. Os versos vinham impressos, e ela leu com vagar, estrofe a estrofe, os lábios se movendo para testar cada som. Preciso ser justa com o meu poeta. *Amantíssimo ser.* Isso não é ele: são os tais clássicos que o pai mandou ele ler. O molde maduro maior que a substância imatura, o verso nascendo a fórceps, bigode pintado no buço. *Ave trêmula?* Olhou para o teto, pensando com frieza para não se ver sob as penas da ave. Tudo bem, uma imagem aceitável, mais pela beleza sonora da palavra "trêmula" do que pela frase, som e sentido tão próximos: *trêmula. Cingir, triunfo.* Continua não sendo ele. Tudo postiço. *Agora ele tateia o nada à sombra da pandemia —* dois versos pedestres. Os altissonantes juvenis da linguagem: tudo, nada, infinito. Beatriz releu, testando a língua: *agora ele tateia o nada.* Tire o *ele,* Gabriel. *Agora tateia o nada.* Soa melhor.

O café, o livro, a memória, pequenas ruínas, ela repetiu em voz alta. Bonitinho. Os dois-pontos de conectivo, que reforçam a ideia de fragmento, e — Beatriz, pare, você não está dando aula e ele não é seu aluno. É seu pretendente. Meu pretendente. Ridículo. Meu Deus, que vontade de conversar com alguém. Do nada, veio a imagem de três primas e dois primos — o que restou da família — que se perderam no tempo e no espaço, mais pelo desejo dela de ficar só, o sopro final de liberdade. Quando criança, ela guardou uma lembrança especial do Rubinho, filho do já falecido irmão mais velho de seu pai, do interior de São Paulo, que uma vez passou as férias em Curitiba. A imagem fugidia (os cabelos pretos que pelo corte pareciam adultos na cabeça da criança — engraçado, lembram agora os cabelos de Xaveste, a cor e a aparente consistência) e a memória de um cheiro marcante que lhe ficou como signo do sexo, a sequência de toques de uma investigação sexual infantil, num bucólico fundo de quintal. Um pequeno cromo transgressivo que durou dez minutos para sempre. Depois disso, uma silenciosa e tensa cumplicidade, jamais verbalizada, se fez entre eles naquela curta semana, a timidez transbordante. Você nunca fez análise na vida?, Chaves perguntou, com a surpresa e a comiseração visíveis no rosto de quem flagra um doente grave que precisa de tratamento urgente, enquanto ele mesmo mantinha um caso com uma ex-secretária da editora. *Aconteceu*, ele confessou contrito e aliviado quando ela descobriu. Uma espécie de alívio mútuo, ela pensou: talvez eu só procure mesmo relações provisórias. Bem, já fiz com outro (pensou no primeiro marido) o que ele fez comigo, e de certa forma, ainda que retardatária, repeti o modelo com M. M., dessa vez apenas um fruto do acaso — eu não procurei; o padrão da vingança é que me procurou para se realizar, imaginou. Não, isso é só um truque retórico. Quem sabe eu tivesse uma razão mais sólida para trair, a pura vingança disfarçada em legítima defesa emocional, mas não levou adiante o mecanismo lógico da causa própria. Esqueça e toque em frente, ela então disse a si mesma, e agora de novo. Talvez eu deva assumir o balcão de granito da cozinha do poeta, oferecido por dona Gabriela, para ser feliz para sempre. Seria engraçado. Meu Deus, quase a hora da aula. Voltou ao poema, resistindo a gostar deles, do poeta e sua obra. *Sem honra e sem amor, vaga cego, ruas que foram suas. O silêncio. Partituras em branco.* Releu as duas estrofes: são versos de alguém simulando-se adulto, fazendo-se maduro ou fingindo-se clássico por imitação, não de um adolescente de vinte e cinco anos. O simulacro tem sempre uma pátina ridícula. Só os mortos são clássicos. Sem honra e sem amor? Ela sorriu: menos, Gabriel. Menos. Você não é Saint-Preux e nem eu sou Júlia, e já estamos no século XXI. *Rousseau triunfou; não precisa mais de nós*, uma vez lhe disse Xaveste com uma risada, e ela riu junto por imitação, sem entender exatamente qual era a graça. Leu de novo: essa partitura de páginas em branco parece uma influência ou uma citação, mas Beatriz não localizou a fonte (Wallace Stevens?), o prazer da criptografia que a deixou um pouquinho ansiosa. *Você é competitiva como um homem*, uma vez Donetti lhe disse em tom acusatório, todos os preconceitos escarrados numa única sentença — por que lembrei disso agora? Fixou-se nos dois últimos versos, o Deus soprando no ouvido o que ele não quer ouvir. É uma imagem bonita, ela concedeu, relendo em voz alta duas, três vezes — mas ainda parece outra simulação de adulto: que sabe ele de Deus, com essa idade? E o que sei eu, Beatriz, que já vivi um pouco mais adiante? Refletiu sobre o que pensou, olhando o teto, o seu curto limite: será que apenas a proximidade da morte é capaz de nos dar *organicamente*, por inteiro, a dimensão de Deus ou de sua ausência? Deus é uma figura inteira masculina? — mas a pergunta já soava como uma asserção, *sem dúvida*. Deus nasceu do barro masculino, à sua semelhança absoluta; às mulheres, restou a histeria das carpideiras e das carolas, ou a mística poética das visões em jejum, a transcendência como esquecimento, a pura revelação do que já está lá, e não a elegância da criação — e Beatriz levantou-se para reler um trecho qualquer de Santa Teresa D'Ávila que confirmasse seu veredito, a conformação feminina à prisão do destino, o êxtase celestial como o cárcere do sexo, espadas de fogo transpassando o ventre em transe, e os dedos correram pelas lombadas da estante da sala até que pararam em Rousseau, como uma armadilha, a edição francesa de *Julie*, um velho exemplar herdado de sua mãe, que ela abriu ao acaso num trecho certeiro como uma carta de tarô. *Oui, mon ami, loue-moi, admire-moi, trouve-moi belle, charmante, parfaite; tes éloges me plaisent sans me séduire, parce que je vois qu'ils son le langage de l'erreur et non de la fausseté, et que tu te trompes toi-même...* Foi traduzindo em tom de farsa: sim, meu amigo, me louve, me admire, me ache linda, charmosa, perfeita: teus elogios me agradam mas não me seduzem, porque são a linguagem do erro e não da falsidade — e parou: *e não da falsidade*. Considere isso, Beatriz.

Beatriz, não se aflija, por favor, é só uma palavrinha, eu já saio — é que, sentado à mesa, um café atrás do outro, dias a fio esperando ver você, a imagem de sua cabeça subindo acima do lance de escada como uma aparição (é engraçado, mas lá do lado da estante onde sempre me refugio é esta a visão que eu tenho, uma sequência de fotos tiradas por uma teleobjetiva, você nítida surgindo degrau a degrau até pisar por inteiro o nível do café, como quem se eleva do nada), tornou-se uma espécie de alimento afetivo para mim, um talismã, um jogo de dados: hoje ela vem? Hoje ela não vem? Como se este sim ou não determinasse o horóscopo do meu dia, desse a ele uma direção oculta que preciso decifrar, porque em cada ausência — você anda desaparecida, já se vão cinco dias sem você — imagino uma pletora de possibilidades que lhe dê sentido. Não ria, Beatriz! É a pura verdade. Não lamento ficar em pé, mantendo distância; isso não me preocupa — eu só peço que você me deixe completar o que comecei, esse emaranhado de histórias incompletas que fui despejando na ânsia de fechar o círculo, começando um novo motivo antes de terminar o anterior, num rosário inacabado. Coisas da minha síndrome — talvez uma pitada de dislexia residual, se é que isso existe, outra de um autismo adquirido, se também isso é possível, quem sabe uma boa bipolaridade misturada com sintomas de pânico e toques de hiperatividade, há combinações químicas inesperadas, afecções inéditas e fascinantes sendo descobertas todos os dias diante das novas e crescentes complicações digitais do mundo, a alma humana é um game incrivelmente inexplorado; ou talvez, no meu caso, se trate apenas de uma simples, velha e boa timidez, a dificuldade de estabelecer relações sociais normais (eu não sei bem o que é uma relação social normal, mas todas as pessoas parece que sabem, porque o dia a dia de quase todo mundo funciona perfeitamente o tempo todo na relação das pessoas umas com as outras e das pessoas com os objetos, é só olhar em torno para perceber as roldanas girando ininterruptas, erguer a xicrinha de café, pegar um ônibus, cumprimentar alguém, praticar corrida, varrer o chão, em tudo se mantém sempre um equilíbrio engraçado no trânsito entre volumes e pessoas, que as eventuais exceções aqui e ali, um assassinato, uma queda, um grito, um enlouquecimento, um esbarrão, um suicídio, lembram apenas curtas exceções, pequenos erros ou emperramentos localizados de uma máquina gigantesca inteira interligada em permanente manutenção coletiva, e o combustível são os vapores mentais das cabeças, que não param de pensar do nascimento à morte, nem quando dormem: é muita coisa para dar conta, se a gente somar caso a caso. E tem a pandemia, e o governo de merda, e a incerteza, mais a pilha das frustrações e dos desejos acumulados, sem falar na falta de dinheiro de quase todo mundo — o que, no meu caso, como eu já contei, deixou subitamente de ser um problema, e isso em grande estilo, deixou *mesmo* de ser um problema. O que fazer? É exatamente aqui, no meu futuro, que eu queria retomar a meada; eu não quero perder você, ou simplesmente perder a sua presença na minha vida, antes de explicar este ciclo de que você faz parte mental importante para mim, essa virada meio bruta que me aconteceu, a súbita segurança econômica, a liberdade absurda, o abandono do emprego, o advento de um novo pai e até de uma nova mãe, porque dona Gabriela também se transformou: tudo na minha vida mudou num estalo. Sem falar do fato de que em definitivo me tornei um poeta por decreto paterno, e decretos paternos são, em geral, irrecorríveis. Você é um poeta, ele disse, e um homem livre. O que eu faço com isso? Num primeiro momento, voltando de São Paulo, eu quase que flutuei com o avião, um eleito dos deuses, pleno de redenção: olhava pela janelinha e via as nuvens, e elas me pareciam antes uma metáfora exclusiva para meu uso que simples condensações de água em suspensão partilhadas por cento e oitenta pessoas ao acaso durante os cinquenta minutos do voo. Talvez você não acredite, mas o que mais pesou no meu transe emocional (eu poderia usar aqui a palavra felicidade, o que eu acho que ainda não seria o caso; a felicidade deve ser mais calma, mais tranquila — pelo menos é a imagem que eu faço dela); pois o que pesava não era o dinheiro súbito, aquela pecúnia vinda do nada e a liberdade subsequente, mas a redescoberta do pai ausente, por mais sentimental que isso possa soar (fuja do sentimental em cada verso, disse meu pai num momento; a pieguice é uma praga, é a vulgaridade dominante contemporânea; você pode chorar, ele disse, mas não o poema; saia de você para escrever — e ele voltou a olhar para o bife ancho no prato, cortando-o lentamente para ver e sentir a textura, esse ponto está perfeito, ele disse como se falasse da qualidade de um verso, veja como deve ser a cor interna da carne, a gradação suave do rosa para o vermelho, sob o grelhado da superfície). Ah, eu acho que eu também vou querer um café, Sueli, o mesmo pedido da Beatriz — não não não, não traga aqui que a Beatriz tem de trabalhar — eu vou para a minha mesinha reservada de sempre, já estou saindo. Até deixei minha pasta lá. Mas só para terminar, Beatriz: imagino o quanto você deve estar trabalhando nesses dias — eu li em algum lugar que a produção de livros aumenta mês a mês com a pandemia, o que faz sentido, as pessoas trancadas em casa o tempo todo, e imagino que você deve receber muitas propostas novas de tradução, com o talento e o prestígio que você tem, prêmio Jabuti etc. Sim, perdão, *finalista* do Jabuti, o que já é um reconhecimento muito especial. Fico até me perguntando se você não tem vontade de escrever. Não? Nenhuma? Engraçado: sempre imaginei você uma prosadora. Por quê? Não sei dizer. Alguns sinais: jeito tranquilo, centrado, metódico, quem sabe um pouco fria, porque a prosa é por natureza mais lenta, ela avança pelas beiradas. Por alguma razão eu acho que os prosadores são pessoas mais normais que os poetas. Sei que a gente sempre fantasia as coisas, mas mesmo a mais desvairada fantasia tem um fundo real, uma pequena raiz verdadeira de onde nasce a invenção, que então se espraia substituindo a realidade. Quando vemos, já estamos nas nuvens, como eu voltando de São Paulo. Não cheguei a cair das nuvens, é verdade, mas o desembarque foi difícil: o simples pé novamente no chão. Foi me batendo uma insegurança bruta depois da longa e detalhada teoria do medalhão do meu pai; quer dizer, às avessas. Exagerando um pouco, eu ouvi cada palavra dele como se fosse a própria Revelação bíblica, o Pai Redescoberto. As linhas básicas do que ele me disse me agradaram, uma espécie de êxtase mental de desejos que se realizam todos de uma vez. Primeiro de tudo, a determinação de que sou um poeta — isso como que misteriosamente aliviou minha própria decisão, a minha responsabilidade. É como se, por um toque legítimo de autoridade, eu conquistasse o direito de ser poeta. Sei que há uma armadilha aí, não sou ingênuo, mas considere o instante da revelação: do ponto de vista emocional, foi um respiro bem-vindo, envolto num calor afetivo muito forte — caramba, é o meu pai que está dizendo que eu sou um poeta, não o amigo da esquina. Sim, a armadilha está implícita na afirmação, mas nisso eu não pensei no momento, no fantasma do fracasso que acompanhava o pacote como uma alça de caixão engatada no pulso. Às vezes, em pequenos surtos, diante de um verso que não avança, um metro quebrado, uma rima inútil, me vejo escrevendo uma Carta ao Pai kafkiana ao contrário, reclamando não de quem me queria apenas um bom e respeitável escriturário, mas sim um bom e respeitável poeta, como se o problema sempre fosse o pai, não o cardápio existencial. Eu quero ser um poeta? É algo que se escolhe? Engraçado: no instante do encantamento, eu não me fiz essas perguntas. As determinações objetivas que se seguiram, e que meu pai foi revelando aos poucos para que eu melhor absorvesse o impacto de cada detalhe da minha nova vida, o dinheiro garantido para sustentar o meu destino, o abandono definitivo daquele empreguinho de merda (palavras dele; eu me sentia seguro e protegido ali), o projeto de independência física e existencial, incluindo a libertação mútua da minha mãe (você não pode passar a vida debaixo da saia da mãe, e a Gabriela precisa ter a vida dela, é importante para vocês dois, ele insistiu várias vezes), o conselho enfático para não cair na esparrela ativista político-partidária, tão tentadora no Brasil de hoje (isso é coisa de profissional; você seria destruído e esmagado em dois minutos), a projeção das viagens pelo mundo, o programa de leitura dos clássicos, a insistência no aprendizado das línguas, aquilo tudo foi me inebriando como a um pequeno Goethe de província. Aliás, ele mesmo falou em Goethe, num dos seus momentos engraçados de crítico literário (meu pai fala de livros e autores com a verve de comentador político de televisão, e ele é bom nisso), dizendo que o alemão havia sido o provinciano mais bem-sucedido da história da literatura — na verdade, era uma brincadeira a respeito do fato de que eu não precisaria sair de Curitiba para cumprir meu destino de poeta, meu pai frisou isso duas ou três vezes, embora a razão verdadeira, acho que já comentei com você, seja a de me manter a uma distância razoavelmente segura de sua nova família, ou simplesmente sua família, porque ele nunca teve outra. Ele nem sequer me apresentou os novos filhos. Não falo isso por mágoa, Beatriz, nada disso — é que ele mesmo me disse em São Paulo, e eu concordei: um poeta não mente. Ponha isso na cabeça, ele repetiu várias vezes: um poeta não mente. Eu tento seguir esse preceito à risca comigo mesmo. (Bem, com os outros, é impossível viver sem mentir, mas mesmo assim eu me esforço, como talvez você tenha percebido. Gostaria de chegar a viver num estado de completa sinceridade emocional, embora eu não saiba bem como isso poderia funcionar, e até se seria mesmo saudável.) Voltando ao meu pai: bem, em tudo que ele me preconizou, há apenas um ponto cego de que não consigo me livrar e não consigo aceitar: a recusa da paixão. Ele martelou sem parar: não se apaixone, não case, não se pendure em alguém, porque jovens são todos idiotas. Se disserem a você que tal jovem é um sábio maduro, não se engane; trata-se apenas de um ventríloquo, como aquelas crianças fanatizadas, minipastores que recitam furiosamente a Bíblia. Não se iluda achando que você é uma exceção. Não é. Espere sossegado mais vinte, trinta anos, ele insistiu várias vezes, como um professor que reforça um ponto fundamental que vai cair na prova. Para o homem, repetia meu pai, é muito melhor ter filho aos quarenta ou cinquenta, já adulto, que aos vinte, quando ele próprio é apenas uma criança maior. Não ponha tudo a perder por um perfume que passa, como um zumbi babão. E pelo amor de Deus, no período de formação pessoal seja cuidadoso nos seus encontros eventuais (todo mundo precisa deles), muito cuidadoso, e evite filhos. Nesta fase, são um transtorno brutal e irrecuperável. Eu era a prova viva do transtorno, imaginei dizer, mas não disse para não interromper o fio da preleção, aliás inspirada, que prosseguia: e enquanto você se cuida, aprenda o sexo: isso é muito importante a vida inteira. Desculpe, Beatriz, eu falar disso agora — é um terreno confuso para mim, a suposta distinção entre paixão, amor, sexo, não sei bem quais são as fronteiras. Eu acho que — tudo bem, mais uma vez falei demais. Desculpe: ó minhas mãos erguidas pedindo paz e perdão. A Sueli está trazendo o café. Eu vou para o meu posto. Tenho de pensar numa forma clara de explicar a você outro dia, ou esses fios soltos, sexo, amor, paixão, vão prosseguir me angustiando. Bem, tomo meu cafezinho e saio em seguida para uma caminhada. Estou precisando. Bom trabalho, Beatriz.

O Brasil chegou a cento e vinte mil mortos até aqui, Beatriz repetiu em voz alta a informação da manchete, clicando distraída no quadro estatístico da pandemia; a boa notícia é que neste mês houve uma queda de 12% no índice das mortes, quem sabe aconteça um milagre, essa curva continue diminuindo ao acaso e o vírus morra por conta própria, do mesmo modo que os marcianos invasores da *Guerra dos Mundos*: depois da matança e da destruição na Terra, súbito se desintegraram, sem imunidade para as bactérias humanas — e como se a simples ideia, absurda porém otimista, já disparasse uma redenção instantânea, ela procurou os dados na Espanha para comparação. Quem sabe lá esteja melhor? Claro que sim, diria Xaveste. Venha a Barcelona, repetirá ele alisando a cabeça do gato escocês sem orelhas. Pensou no preço das passagens internacionais, como anda o dólar?, no entusiasmo de uma vida comum e normal, e Beatriz se viu correndo o mundo em liberdade, entrando em aviões, escolhendo perfumes e cremes e sombras no free shop, madame internacional passeando de mãos dadas com alguém em ruas belas e desconhecidas de cidades milenares, personagem feliz de um clipe publicitário, e ela suspirou, meu Deus, que tolinha você é pensando à solta, dona Beatriz, uma alegre personagem na fantasia de um cartão de crédito. Mas não é tão absurdo: por que não viajei mais na vida? Sempre presa aos homens, à perspectiva dos homens, ao projeto dos homens, à sombra dos homens, à ideia dos homens, ao abraço tenaz e seguro dos homens.

No máximo uma boa mulher letrada do século XIX sobrevivendo na periferia escravocrata do mundo. Pensou em Clarice contando-lhe histórias afetivas de uma ex-namorada, relatos que Beatriz assimilava generosa, aulas de uma nova educação sentimental, agora pública, e lembrou-se do momento da distância, o curto choque em que alguma coisa entre ela e a amiga para sempre se quebrou: tão óbvio, ela me queria fisicamente, custei a entender, e Beatriz tocou a si mesma, *eu sou analógica num mundo digital*, mas o impulso se distraiu, estou engordando, preciso ir ao médico para exame de rotina, tenho de imitar o Gabriel e caminhar mais, preciso caminhar, disse ele, e Beatriz achou graça de seu mecanismo de escape, *você tem mecanismos de escape*, dizia-lhe Donetti, e ela nunca entendeu direito o que ele queria dizer exatamente com isso, *mecanismos sutis de escape*, ele acrescentava, como se fosse um jogo de ocultação durante o sexo, *eu não estou aqui*, ela pensava às vezes — talvez fosse isso, o simples espírito de ausência, o *não estar aqui*, a antessala da loucura. Eu não estou aqui. Rompe-se um pequeno fio, e vamo-nos sem volta, num vácuo de referências; segure firme a corda de segurança. Paixão, amizade, sexo, amor — tudo que assombra o poeta também me assombra. A diferença é que já sou uma mulher livre há muitos anos. Posso trabalhar em qualquer lugar do mundo, decidiu Beatriz, em novo impulso da imaginação; a pandemia já provou que somos todos escritórios ambulantes, que levamos o trabalho na alma aonde quer que a gente vá. Ainda mais eu, uma tradutora — não poeta; apenas tradutora. Tradutora de almas, imaginou-se: eu traduzo almas, que são vapores sem linguagem. Direi isso ao Gabriel, perdido entre a paixão e o sexo, pobre Gabriel. Beatriz, pense não no que o menino disse, mas nos conselhos do pai, que é sábio. Quem será esse pai? Não posso perguntar para não dar mais corda ao poeta falante. Vou acompanhar os programas de debate político para descobrir alguém que se encaixe na descrição do filho, e de repente isso pareceu um projeto estimulante. Não tenha filhos, eis o principal conselho. No meu caso, ele diria, a natureza se encarregou de me fechar a porta da maternidade. Ou a imperícia absurda de um aborto malsucedido. Filhos, melhor não tê-los, o mantra inescapável. De qualquer forma, já é tarde. Há muito tempo minha vida tem outra direção. Xô, passado! Embarcou de novo numa sequência solta de desejos fragmentários e imaginou-se feliz nas nuvens, ao modo do seu poeta exclusivo, pisando nas nuvens e fugindo do Brasil e do inferno da linguagem aos pedaços, as onipresentes vozes oficiais, sempre grotescas, do teatro diário de horror, estupidez, violência e morte, um jogral de pinóquios vampirescos em verde e amarelo, todos os sentidos da realidade deformados, imagens escarmentas, gargalhantes e distorcidas na tela, e ela caiu numa página catalã, uma língua que Beatriz sempre achou bonita e engraçada, a misteriosa confluência entre o português, o espanhol e o francês, como se fruto de um tipógrafo enlouquecido ou do efeito borboleta do conto de Bradbury — mate uma borboleta do passado e em mil anos a linguagem será outra —, a única nação cujo herói é um gramático. "Futur, any zero", dizia a manchete; em fevereiro, o primeiro caso do vírus, *"una dona de 36 anys quye havia viatjat a Itàlia"*, onde já se sabia dos estragos de uma doença então ainda sem nome. Sentiu a pancada do desânimo: só na Catalunha, mais de trezentos mil infectados, mais de quinze mil mortos, e as curvas ascendentes. Não há escape, Filip Xaveste. *La pancarta que va tombar el president*, ela leu em outra página — o que é *pancarta*? *Bandeira*, descobriu no Google. A bandeira que derrubou o presidente, é isso? — e ela imediatamente sonhou com algo semelhante aqui, teremos essa alegria ainda em vida? Mas a notícia era outra, *a guerra inglória da independência catalã*, nas palavras de Xaveste, e a queda do presidente da Generalitat por uma faixa na sacada no Palácio, em toda parte todos querem dar um golpe que libere a Besta, vou perguntar a ele do que se trata; meu Deus, o tempo voou, ela pensou aflita, quando a janela do Zoom se abriu e a cabeça de Xaveste sorriu, com o *boa tarde, Beatriz*, a entonação caprichada do aluno aplicado de aulas de português — e Beatriz ajeitou a blusa e levou a mão à cabeça, eu nem me penteei direito, *boa tarde, Xaveste*, e ele comentou brincando que estranhava que ela o chamasse pelo sobrenome, talvez porque esteja em Barcelona, onde todos o conhecem como Filip, numa espécie de retorno à infância. Eu vivo impregnado desta cidade. Quando você vier aqui — e ele foi interrompido por alguém que, fora da tela, dizia numa voz de mulher algo incompreensível mas num tom alto que parecia irritado, violento, agressivo, mesmo furioso, e a cabeça de Filip se afastou e em seguida suas mãos entraram em cena protegidas pelo Gaudí, que do peito defensivo do amigo contemplava Beatriz com os olhinhos piscantes, indiferente à discussão dos adultos, até que em mais duas ou três frases ríspidas Xaveste se voltou para Beatriz com um sorriso amplo e desarmante. É a Remei, ele explicou tranquilo, minha diarista. *Minha* não, corrigiu: *eu* é que sou dela, e fez uma pausa sorridente. Ele articulou a explicação em português, palavra a palavra, como quem recita uma lição, a voz baixa e cuidadosa, talvez só para garantir que não seria entendido pela Remei, provavelmente (fantasiou Beatriz) ao lado de Xaveste para a conferência cuidadosa do que ele diria àquela estrangeira na tela. Remei é Remédio em catalão, é o nome dela, ele traduziu, dando olhadas laterais à mulher, ela me conhece desde criança, e assim que minha mãe tem morrido, *morreu*, Beatriz corrigiu, *sí, sí*, minha mãe *se morreu*, não, *só morreu*, o francês se mistura com o espanhol, desculpou-se ele; em suma, Remédio imagina que tem a obrigação moral de substituí-la nos cuidados caseiros com essa independência feminista contemporânea, brincou ele, misturada ao atavismo milenar das classes ou estamentos sociais — nunca esqueça que a Espanha continua sendo uma monarquia, a nossa aglutinação simbólica. Ela me vê como uma espécie de nobre, porque o meu pai herdou um título do avô; há uma vertente de direita na minha família que sempre foi o combustível da revolta do meu pai, o que — enfim, eu cresci no meio de um fogo cruzado de famílias, como todo mundo. Mas Beatriz, vamos deixar isso de lado e falar do que importa (e por dois segundos ela viu Remei passando atrás dele, um vulto magro e seco inclinado inteiro de preto com uma máscara branca no rosto e segurando o que seria uma vassoura, *La Bruja de Xaveste*, Beatriz imaginou absurdamente o título de uma peça de teatro, não seja louca de falar isso para ele); essa pandemia não vai acabar tão cedo, os casos estão aumentando (ontem soube que um primo do meu pai, já com oitenta anos, pegou covid e está muito mal; aliás, parece que a família inteira se contaminou, dois primos meus na faixa dos quarenta anos já morreram quase que no mesmo dia — e Xaveste inclinou e aproximou a cabeça, a voz ainda mais baixa, a confissão perigosa, e preciso dizer à Remei que ela não deve vir aqui, que eu pago a diária enquanto durar a pandemia, mas tenho medo da reação dela, o que, você deve ter percebido mesmo aí do outro lado do mundo, é compreensível); e como se a peste não bastasse, o que resta da democracia americana está implodindo sob Trump, idiotas, ignorantes e estúpidos de todo tipo estão ocupando espaços importantes de poder em toda parte e o contrato político, militar e comercial do mundo está sendo ditado preferencialmente pela fúria analfabeta e autoimune das redes sociais. Minha amiga, ando mais pessimista do que já sou por natureza. Mas queria te contar uma novidade, que me animou um pouco: comecei a escrever um texto para um encontro internacional que uma Fundação Cultural da Irlanda, Margin & Center, ou Corrlach & Lár em gaélico, organiza a cada dois anos, e eu aceitei o convite. Claro, dessa vez será online. É um projeto ecumênico. Até agora, já sei que dos Estados Unidos vai participar tanto o Mark Lilla quanto o

Jameson, segundo o programa, o que é surpreendente; da Inglaterra, o John Gray, que aliás eu conheço pessoalmente; daqui da Espanha, convidaram a mim e ao meu amigo Fernando Savater. Estou querendo trabalhar na distinção entre conservadorismo de costumes, que tem uma raiz clara no fundamentalismo religioso, esse espírito latente em toda parte à espera de uma explosão (a tentação de Deus é quase sempre politicamente irresistível), e o conservadorismo político, que se tornou um deslocamento secular, porque para sobreviver como tal ele tem de se fundar na noção de diversidade, no reconhecimento filosófico da diversidade, o que é um gesto político, ou de consequências políticas claras; e a política só pode existir de fato num arcabouço democrático não religioso e não excludente; sem democracia, no sentido simples mesmo da palavra, a política torna-se apenas um simulacro de pluralidade que, de diferentes formas, acabará ao fim e ao cabo por invocar alguma pureza excludente como valor, quase sempre uma pureza ancestral qualquer. Toda ideia de pureza ancestral como valor é insidiosa — eu digo, e ele alisava Gaudí, é *epistemologicamente* perigosa, embora seja difícil suprimi-la do imaginário coletivo. É difícil viver sem algum mito redentor, como eu comento no livro que você está traduzindo. Claro, ainda estou esboçando o texto, mas, agora o importante, o que eu queria mesmo é que você — e a imagem de Xaveste congelou-se na tela, Gaudí paralisado para escapar de seus braços como um felino preparando um salto, a transmissão subitamente sem som. Talvez fechar e reabrir o Zoom, pensou Beatriz depois de um minuto de espera, irritada — o tema me interessa muito —, mas restou um vazio de janelas brancas no monitor, *sem conexão de internet*. Merda. Suspirou, aguardando inutilmente a volta do sinal — preciso trocar de provedor, esta internet está uma bosta — e, no impulso do escape daquele vazio momentâneo, conferiu dali a porta da sala: nenhum poema dessa vez.

Bom dia, Beatriz! Que bom que você veio hoje! O simples fato de ver você me dá um surto de felicidade, a felicidade da esperança, um sentimento que anda em falta no país e até no mundo. Mas você existe, é uma pessoa real, de modo que se trata de uma esperança concreta, não de uma fantasia. Quando caminho até você aqui nesta mesinha nas manhãs em que você surge, imagino o que deve passar pela cabeça de Beatriz: lá vem o meu sequestrador diário, o poeta que me rouba trinta minutos todas as manhãs, como tática de conta-gotas do seu projeto de me abduzir por uma vida inteira, no bom sentido da palavra, o sentido apaixonado. Para o poeta, a vida inteira pode ser um intervalo de trinta minutos, quatro ou cinco bons versos. E como você continua aparecendo (talvez eu não devesse dizer isso, cutucar Beatriz com vara curta, diria dona Gabriela, é uma expressão que ela usa sempre, mas é que eu vivo mesmo cada vez mais por força de uma sinceridade funesta; o "não minta" do meu pai foi menos um conselho e mais uma constatação, você tem na alma a matéria-prima da poesia, você não mente, eu acho que foi o que ele quis dizer); como eu contava, uma vez que você continua aparecendo, com alguns intervalos de revolta — quatro, cinco dias desaparecida, agora ele vai desistir!, você deve pensar, com esperança e temor, e é difícil achar outro café nas redondezas com todas estas vantagens operacionais ao mesmo tempo, o ar livre, pouca gente, espaço agradável, wi-fi funcionando, você não quer perder este espaço só para fugir de um poeta importuno —, eu imagino que você já desenvolveu uma espécie de pequena síndrome de Estocolmo, uma dependência psicológica da minha presença, como se ela se tornasse a confirmação necessária de uma suspeita que precisa ser sempre reiterada, *ele me persegue*, o que reforça um sentimento que se retroalimenta cada vez que você me vê, transformado já no simples conforto e na segurança das coisas repetidas do dia a dia, a paz da rotina; ao mesmo tempo, vendo as coisas do meu lado, sinto que preciso dar algum combustível interessante para você manter este interesse residual e desconfiado, ainda que sempre pronto a se romper de uma vez, bastando levantar-se furiosa e apontar a saída do café num gesto definitivo, a expulsão do paraíso, o que, pela regra do jogo, eu seria obrigado a respeitar, uma possibilidade que é uma arma mortal contra mim — eu vivo no fio da navalha da presença de Beatriz. Os poemas que eu ponho embaixo de sua porta como oferenda são parte desta estratégia, mantê-la interessada, embora você jamais me tenha dito uma só palavra sobre eles, nada; é como se eles não existissem. Se eu por acaso comentasse o seu silêncio com dona Gabriela (o que, é claro, jamais vou fazer), ela diria que, passada a pandemia, talvez eu devesse contratar novamente você como professora de modo a criar um vínculo oficial, profissional, socialmente justificado, para que fiquemos juntos por uma ou duas horas, duas ou três vezes por semana, quando você seria obrigada, por contrato, a dizer alguma coisa sobre o que eu escrevo. Afinal, ela vive disso, minha mãe diria, pragmática; é uma professora. Para a coisa não ficar muito cruel, ou ofensiva, talvez ela acrescentasse a suavização pessoal: eu mesma, se me pedem consultas como psicóloga, não posso recusar. É o meu trabalho. No fundo, há um imperativo ético neste sim, talvez minha mãe chegasse a dizer, se visse o seu filho muito desesperado pela ausência da sua musa. Incríveis são os mecanismos da cabeça para dar ao próprio desejo a aura da justiça universal. Não é o meu caso, Beatriz: levo a sério o conselho do meu pai, de só mentir por acaso ou erro sincero (o que acontece com frequência, é claro, sou relativamente normal), nunca por deliberação fria. Bem, ontem quebrei outro conselho do meu pai: fuja das redes sociais, ele insistiu várias vezes. Se você tem Facebook, Instagram, essa merda toda, disse ele, feche tudo e desapareça da vida pública: hoje a verdadeira revolução se faz pelo silêncio e pela ausência, ninguém aguenta mais tanta presença e tanto barulho, ele continuou já irritado, essa multidão intangível, gritalhona e sufocante, e eu imediatamente pensei naquelas figuras santas que para escapar da tentação do demônio fugiam para os desertos e para as cavernas, deixando a barba crescer e vivendo até a morte em solilóquios com a consciência divina. E nunca seja estúpido a ponto de publicar um poema na internet, ele acrescentou, à beira da fúria, já na terceira ou quarta cerveja. Jamais. Respeite o próprio trabalho. Você tem de ter os colhões de Ovídio, ele disse (desculpe, Beatriz — estou repetindo a exata expressão que ele usou, que eu achei engraçada, os colhões de Ovídio, há um jogo sonoro, Ovídio e ovário, criando uma oposição intrigante, a problemática do gênero que a expressão do meu pai revela, o colhão como símbolo de coragem — até que ponto isso —, mas voltando ao que eu dizia, ou já me perco de novo, é muita coisa para pensar ao mesmo tempo); bem, voltando — e meu pai explicou ao mesmo tempo sério e sorridente, parecia uma aula de cultura romana tirada de uma história do Asterix, embora os fatos fossem verdadeiros: o pai de Ovídio queria que o filho desistisse da poesia, que não dá dinheiro; o próprio Homero era um pé-rapado, dizia o velho dele, repetiu meu pai com o tom de quem comenta a vida de um vizinho num balcão de bar; era um pé-rapado mais ou menos como você antes de eu ganhar na loteria. Mas agora, por interferência dos deuses, porque o mundo continua igual como sempre foi — e meu pai deu uma risada alta enchendo mais um copo —, isso não será mais problema para você: a tua vida prática está garantida para sempre, administrada por um fundo internacional seguro porque não dá para confiar em poetas e muito menos ainda em mães de poetas, isso para nem falar da equipe econômica do governo, se é que existe algo parecido em Brasília, equipe econômica ou governo. Não vou deixar você se arruinar. Já é uma grande vantagem. Levantar de manhã e não se perguntar o que vai comer hoje, mas sim que verso vai escrever. Isso é um poeta: suar frio diante da página em branco e aguentar o tranco, porque esse é o único problema real que ele tem. E eu sei que você é um poeta, meu pai repetiu mais uma vez, milhares de vezes, você é um poeta. Bem, anos depois, meu pai prosseguiu depois de cortar mais um bife, criando um suspense involuntário, Ovídio disse que ele poderia morrer fisicamente, tudo bem, mas que os deuses só teriam direito ao corpo dele, aos seus ossos; mas a sua obra, essa nem Júpiter destruiria, nem o tempo, nem nada, e meu pai ergueu a voz, fascinado pela cena — você sabe o que significava desafiar Júpiter? Desafiar o tempo? É isso que eu chamo de Colhões de Ovídio, em maiúsculas. Você será esse poeta, Gabriel. Mas se começar a escrever de manhã cedo para ganhar palminhas no Twitter, vai virar pó antes do meio-dia. E meu pai sacudiu o garfo com um pedaço de carne diante dele, como quem ainda tenta decifrar um enigma existencial milenar que precisa ser explicado: é verdade, disse ele, agora baixando a voz, que depois de exilado até a morte lá no fim do mundo por decreto imperial, Ovídio passou anos e anos pedindo penico para César, de uma forma humilhante, constrangedora e inútil. O estrago já estava feito. Júpiter, ou César, jamais perdoariam o desafio do poeta, que morreu longe e na merda. Mas, no fim das contas, Ovídio ganhou a parada: dois mil anos depois, ainda estamos aqui falando dele com admiração. E o detalhe importante: sem rede social. Meu pai deu uma risada, balançou a cabeça e, agora sério, voltou à obsessão política profissional: meu filho (eu gostei deste "meu filho", que lhe escapou com um tom de afeto; normalmente ele só me chama de Gabriel, no máximo de poeta, como vai o poeta?, ele pergunta sempre no telefone, o que é uma forma sutil de manifestar afeto mantendo-o à distância), e ele disse aquele "meu filho" com um jeito de quem volta a botar os pés no chão — qual foi a grande obra civilizatória que essas porras de redes sociais criaram nestes últimos dez ou vinte anos, desde o velho Orkut, aquela aporrinhação infantil? Rigorosamente nada. Apenas geraram milhões e milhões e milhões de imbecis, que por sua vez criaram seus novos heróis: Trump, Johnson, aquele filho da puta na Hungria, esse débil mental criminoso aqui no Brasil, e assim por diante. Aqueles analfabetos fanáticos, os primeiros cristãos que destruíram a maravilhosa civilização romana, eram fichinhas perto da estupidez contemporânea que vem se armando nas redes sociais; aliás, aqui entre nós, vem literalmente se armando. A coisa está — e neste momento fomos interrompidos no restaurante por um casal que pediu licença para dizer que eles gostavam muito dos comentários do meu pai na televisão, que eram seus fãs, e só pelos sorrisos era visível que a admiração deles era legítima, e enquanto eles trocavam amabilidades, mesmo sem ser apresentado (algo simples que me passou pela cabeça, tipo "esse é o meu filho Gabriel que está me visitando"), eu senti uma espécie de orgulho, caramba, meu pai é importante, porque de fato onde a gente passava as pessoas olhavam para ele como se ele fosse ator de novela, parece que eu sou ator de novela, a força da tevê ainda é impressionante, ele comentou depois, mas não me iludo com isso, o deslumbramento é um perigo — basta desaparecer da tela por um mês e ninguém mais sabe quem você é. Preferia ser um poeta como você, ele disse, e apertou meu ombro com um jeito orgulhoso, assim que o casal se afastou. Sim, Beatriz, perdão, perdão, eu já vou, você tem de trabalhar e eu sou um poeta desocupado — perdi o fio da meada de novo. Eu ia dizer por que desobedeci meu pai e entrei nas redes sociais. Foi por uma boa causa, procurar você. Mas fica para outro dia — agora vou mesmo tomar meu café e deixar você se concentrar na tradução.

Não estou mais convivendo com pessoas, que de fato não existem mais, mas com narradores, ela pensou e escreveu, como se num transe datilográfico — pessoas são ideias, as quais são conjuntos de frases que existem para ser lidas; pessoas são apenas os meios físicos frágeis, incertos, através dos quais a linguagem, o verdadeiro ser, se realiza; o mundo é um conglomerado gigantesco de palavras e sentenças que se entrecruzam ininterruptas entre os hospedeiros humanos, formando realidades mentais novas que se criam e se modificam sutilmente a cada segundo, como arquiteturas espaciais interligadas em permanente transformação, desenhos holográficos mutantes semoventes; o tempo, assim entendido, é estritamente a duração da palavra no espaço, como pavios sonoros que se queimam no momento em que se pronunciam; pavio sonoro que se consome; sem as palavras, o tempo não existe; a existência física das coisas é apenas o espelho das palavras que as definem; sem elas, o mundo é um cemitério gelado, silencioso e incompreensível de coisas, um volume opaco, um amontoado de objetos composto unicamente de realidade. Seria isso o tal nominalismo? Beatriz Beatroz — e Beatriz achou graça do trocadilho que escapava e em seguida foi apagando tudo de trás para diante, tec tec tec tec no teclado, um dominó digital em queda até a página do Pages ficar novamente em branco. Não está mais aqui quem falou. Preciso trabalhar, mas a cabeça não se concentra. Não se distraia com besteira, Beatriz. Você não é filósofa. Você não é poeta. O que eu sou? Você é uma bonita professora por quem um aluno rico se apaixonou perdidamente. Você é uma linda tradutora por quem um escritor maduro se afundou. Você é uma profissional competente em quem um editor casanova entreviu felicidade — não. É uma Pamela do século XXI, a virtude recompensada: a criada sequestrada resiste bravamente ao assédio do poderoso Senhor B. Leia os clássicos, diz o pai do Gabriel, e ele está certo pelo menos nisso. Sente um impulso de ir à estante abrir o livro e tirar dali uma frase lapidar que fosse um vaticínio, como a cigana que sujou de terra a mão limpinha de Pamela para melhor visualizar e ler suas linhas delicadas, tão brancas que não se viam. Ela nunca esqueceu da imagem, a mão estendida através da grade de ferro do portão da propriedade em que se via presa, a algoz implacável a seu lado controlando cada gesto seu, ela que não sonhasse em fugir. A cigana previu o pior. Não me lembro mais do fim do livro. Chegou a se erguer para buscá-lo, mas voltou a sentar. Não se distraia, Beatriz. Esqueça a Pamela, esqueça o Samuel Richardson, esqueça os clássicos. Fique quieta aí e traduza — você tem duas horas e meia antes da próxima aula. Suspirou — eu deveria voltar a fumar, como nos meus vinte anos, era um charme soprar a fumaça para o alto, pensativa; começar a fumar foi o máximo de revolta que consegui expressar contra meu destino — e concentrou-se no PDF em espanhol de *La fantasía identitaria*, e começou a traduzir mentalmente o parágrafo que abria a página 91, mas ainda sem digitar o texto, como num aquecimento mental. *O destino dos Estados contemporâneos é se transformarem novamente em entrepostos de etnias, o que de certa forma reedita a realidade colonial clássica de fazer da conquista geográfica puro ponto de exploração do trabalho e extração de riquezas: entrepostos de etnias não miscigenáveis, exceto em casos historicamente excepcionais (Brasil)* — e uma nota de rodapé remetia à literatura a respeito, FREYRE,

HOLANDA, BASTIDE —, *fundados paradoxalmente, por prestidigitação sociológica, na assimilação excludente. Prestidigitación sociológica.* O Xaveste é um poeta. Abriu o tradutor do Google e conferiu como ficaria aquilo em catalão: *maniobra sociològica*. *Maniobra* é mais nítido e direto, não desvia a atenção. Mas Xaveste é um barroco, e escreve em espanhol. Não invente, Beatriz. Outro suspiro, o olhar para o alto, no limite do teto, a agonia no peito, puta que pariu, quando acaba essa pandemia? A minha vida reduzida ao osso: não tenho amigas nem amigos nem parentes, e nem fui sequestrada — estou pior que a Pamela. Cuidado com a autopiedade. Você sempre foi solitária. Sempre fui ou me escolhi assim? Quem souber a resposta exata ganha o prêmio final, a bolinha girando no labirinto das possibilidades até que a vida se complete. Na verdade, é como se o isolamento criasse o seu prazer secreto, o experimento concreto da solidão, para quem não é entregador de pizza e pode se dar o luxo da solidão. Todos à espera de uma redenção qualquer, o fim da pandemia, a queda do governo, o fim do pesadelo e da necrofilia oficial, multidões coloridas e sorridentes de novo nas ruas. Abriu o portal de notícias: quantos mortos hoje? Fechou a página, voltando à tradução. Eu não consigo mais ler notícia, ela confessou ao Donetti, na última vez em que conversaram, uma conversa amena de dois antigos e cordiais amantes que trocam impressões filosóficas sobre as vicissitudes da vida. E Donetti, o masoquista: Eu *só* consigo ler notícia. O Donetti *escolheu* ser deprimido? Ao trabalho, Beatriz. Volte ao texto. *O destino dos Estados contemporâneos* — e dessa vez avançou sem se distrair, seguindo a *mecânica da tradução*, esta arte maravilhosa da condição humana, como dizia Chaves. Escreveu uma página e meia sem parar e levantou-se para fazer um café na maquininha, escolhendo a cápsula *suave*, estou precisando de suavidade; enquanto a máquina disparava sua pequena sinfonia de ruídos, simulou alguns exercícios, pernas e braços esticados, meu Deus, estou enferrujando. Quando criança, conseguia fazer um espacate quase perfeito, nas aulas de balé infantil providenciadas pela mãe burguesa, como mais tarde acusou um de seus namorados revoltados. Ela não entendia: por que "burguesa"? Que sentido essa palavra faz hoje? Imaginava-se numa sala de decoração vitoriana, móveis de mogno trabalhado, toalhinhas de renda, jogos de chá, cortinas pesadas, cristaleiras brilhantes, posturas eretas. Depois de tomar o café — ficou bom, ela concedeu —, foi à janela, sem fixar os olhos em nada. Será que vai chover? Não, a seca continua, céu azulzinho. Ouviu dois, três, quatro *plins* no notebook e correu para conferir os e-mails e mensagens do WhatsApp. Oferta de depilador elétrico, outra de sofá, um toque de classe para a sua sala, até que é bonitinho, e ela ampliou a imagem, mas não nessa cor, não combina com nada; o colega Cândido, o vice-diretor pirata, oferece a ela um filme alemão com aquela atriz que eu sei que você gosta, a Paula Beer; ela faz o papel de uma adolescente problema numa clínica de reabilitação; vai o link de transferência, é só baixar, e ela agradeceu, Obrigado, colega!, respondeu imediatamente, a exclamação gentil seguida de um sorriso simpático :) — um agradecimento não tão frio que seja grosseiro, não tão quente que abra esperança, *la prestidigitación sociológica*, ela lembrou, do nada. Que figura, esse Cândido. Uma convocação de reunião do condomínio, com a pauta: substituição do portão automático da garagem, problemas com a limpeza, a reforma do hall de entrada; uma nova sequência de e-mails publicitários que ela foi deletando; a Míriam, antiga colega do curso de letras, escreve propondo um encontro virtual das velhas e inseparáveis amigas, lembra? E Beatriz fica instantaneamente ansiosa, um peso no peito — tudo que lembra o curso lembra ao mesmo tempo o acidente que matou os pais e o irmão, uma invencível ligação mental, é como voltar ao passado à força;

depois eu respondo com calma, decidiu, essa volta no tempo é sempre esquisita, cada uma de nós tem uma deriva própria, devagarinho vamos nos afastando e de repente somos estranhas, e para fugir da perseguição da memória abre o WhatsApp no computador lembrando-se de Gabriel e da observação sobre redes sociais, o que ele quis dizer com aquilo? Bastou eu franzir as sobrancelhas para ele interromper o confessionário, justo no melhor pedaço, ele em pé gaguejando desculpas, e ela sorriu. Sou uma sádica. Uma pilha de mensagens, bolinhas verdes, e no mesmo instante pipoca uma janelinha com outro *plim*, você está aí agora? — a fotinha sorridente de Xaveste, *Podemos conversar?*

Bom dia, Beatriz. Como você vê, hoje mudei a técnica do meu assédio, ou abordagem — não sei como você define essa minha aproximação diária. Espero que você me classifique em bons termos, os da inocência. Para falar a verdade, tenho até medo do seu veredito, porque para mim ele pode ser o fim de tudo, a expulsão do paraíso, o momento em que a linguagem substituiu a vida. Restariam apenas os poemas furtivos debaixo da porta, o que é muito pouco para o tamanho do meu desejo. O teu silêncio é poderoso. Hoje sonhei em mudar de tática, quando você surgiu na escada, bonita e ensimesmada como sempre, e depois de um aceno e um sorriso tímidos à Sueli (você jamais desvia os olhos até a estante onde eu sempre estou, para não dar a mínima margem a alguma especulação amorosa do poeta intruso), veio para a sua mesinha de sempre, no vazio agradável desse pátio. Eu pensei, pretensioso: vou ficar aqui na sombra por um bom tempo fingindo ler atentamente o meu Kafka antes de retomar o fio da confissão, de modo que ela sinta em segredo a minha falta. Por que ele não veio hoje falar comigo? — intrigada, você se perguntaria no meu sonho. Somos pessoas de hábitos, você e eu. Nos dias em que você vem ao café, já faz parte da nossa máquina comum de convivência espacial a minha aproximação física assim que você se acomoda, acena à Sueli e abre o notebook, quando então eu, em pé, com a máscara no rosto e mantendo a distância de dois metros, conto trechos da minha vida por trinta minutos, ao fim dos quais você, por meio de alguns monossílabos que simulam discretamente alguma contrição e simpatia, talvez com o toque de condescendência que merece um bom ex-aluno, me faz entender que precisa trabalhar e que é hora de eu me afastar, o que eu faço em seguida, deixando implícita a promessa do retorno, que você também deixa em suspenso, mantendo vivo o frágil fio da teia que nos une, um quase nada no vento. Acho que sobre este ponto concordamos, não? A minha ilusão, hoje, foi achar que você sentiria minha falta, assim como eu sinto a sua quando você não vem. O problema é que, enquanto eu contemplava você como um espião atrás de um livro, em nenhum momento, nem por um segundo, você ergueu os olhos do notebook para mim; você trabalhou das nove às dez sem parar, totalmente absorta, a ponto de deixar o café esfriar na mesa (eu vi que você pediu outro café à Sueli, tendo dado apenas um gole inicial no primeiro, o que acontece com frequência quando você embala na tradução), e por um momento, como uma espécie de represália pela sua indiferença, tive o atrevimento de planejar a minha ausência completa: hoje eu não vou falar com ela, vou ignorá-la, disse para mim mesmo, quase em voz alta, como um herói vingativo das metamorfoses de Ovídio. Um projeto que, assim que desenhei na cabeça, deu com os burros n'água em meio minuto; comecei a suar frio com a simples ideia de que você subitamente se levantasse e fosse embora sem, de alguma forma, encontrar comigo, e que minha ausência diante de você, mesmo estando presente no Café, seria o disparo de uma catástrofe entre nós, sem recuperação possível. Assim, venho rapidamente até sua mesa para manter vivo aquele sopro de teia que nos une e retomar a ordem do mundo que nos mantém próximos. Ontem eu falava das redes sociais, do conselho do meu pai para abandoná-las — deixe as redes sociais para os idiotas, os profissionais, os criminosos e os inseguros, ele disse com aquele exagero típico dele, você é um poeta, não precisa delas —, mas esse foi um outro ponto em que desobedeci meu pai. (Na verdade, eu mantenho um blog secreto com senha, que não passei a ninguém ainda. Outro dia eu conto. Quer dizer, conto sobre o que é o blog; nem sonho que você esteja interessada na senha, o que seria fantástico. Poderíamos conversar através dele, só nós dois, como nas cartas de antigamente, levadas por mensageiros de confiança.) Voltando ao fio: procurei você na internet, a ponto de inesperadamente ler notícias antigas sobre a tragédia que aconteceu à sua família na serra do Mar, o que me abalou muito, foi um choque saber — embora alguém tenha feito referência ao que aconteceu com você, quando fui seu aluno, eu não sabia dos detalhes do acidente, eu era praticamente criança ainda e para dizer a verdade nem me interessei em saber, como se esse fato externo desviasse o foco da minha exclusiva admiração pela professora; para as crianças a morte não existe como uma realidade interna, algo em que se pensa com interesse verdadeiro, nessa fase a morte é apenas uma estranha propriedade dos outros — mas não quero falar disso porque imagino que você odeia quando se referem consternados ao seu passado, sei perfeitamente o que significa um espaço emocional privado, a sua importância para nos deixar em pé; só uma profunda intimidade nos permite entrar no terreno obscuro de outra pessoa, e eu nem de longe tenho essa pretensão, pelo menos por enquanto. Pois bem: o que eu percebi, circulando pelo Facebook, Instagram, YouTube, Google, essas coisas, percebi que você também praticamente não circula em público, não há quase nada além de fotos antigas e notícias velhas, desarticuladas e esparsas, como ruínas digitais num endereço abandonado, um comentário sobre uma leitura em 2011, uma fotografia sorridente com amigas em 2016, com vários coraçõezinhos e *gifs* infantis coloridos e saltitantes nos comentários, ou referências ao seu trabalho de tradutora em alguns sites literários que praticamente ninguém lê; achei uma participação sua numa mesa-redonda em São Paulo sobre tradução, de três ou quatro anos atrás, mas você falou muito pouco, e senti você claramente desconfortável, porque o mediador falava mais do que todo mundo. Encontrei só uma preciosidade de fato, uma tímida entrevista sua no site da editora sobre a tradução do primeiro livro do Xaveste, e uma bonita fotografia em preto e branco, você sorrindo, claramente feliz, que eu até copiei e guardei comigo; na página havia nove comentários sérios e positivos sobre você, de pessoas com nome e sobrenome, uma delas aquele escritor, o Donetti, *Querida Beatriz, é sempre um prazer rever você, parabéns pelo trabalho*, algo assim, o que me deixou enciumado — é engraçado como a gente se sente esquisitamente ameaçado quando o objeto da nossa paixão é também objeto da atenção alheia; é como se apenas nós, pela intensidade do que sentimos, tivéssemos esse direito. Claro, são coisas secretas da alma: ninguém sai por aí confessando carências em voz alta. Secretas, mas reais. Não importa se a causa é imaginária; o sofrimento é real. Mas é exagero meu: no fundo dos sentimentos turvos daquele instante, fiquei contente por você; senti mesmo, ridiculamente, orgulho de você. Como eu dizia, você quase não frequenta redes sociais em público, e esse foi outro ponto de contato entre nós, pelo menos depois da recomendação do meu pai, que bateu como um estalo na minha cabeça. Eu concordei com ele, me sentindo culpado: sim, é claro, isso não é coisa de poeta sério. Eu já fui assíduo na rede, como todo mundo, e às vezes, sempre que revejo alguma coisa antiga dos tempos de estudante (eu vou apagando todo rastro que é possível apagar, mas tem perfis de que nem me lembro das senhas, inexpugnáveis, a vergonha eterna exposta ao mundo), dá vontade de entrar com um processo contra a web inteira pedindo o tal direito ao esquecimento. Claro que é bobagem: minha parte é só um pequeno entulho insignificante de bits no meio de bilhões e bilhões de entulhos insignificantes acumulando-se por microssegundo nas nuvens, um depósito universal de lixo digital que (eu tenho esse pesadelo) vai pouco a pouco substituindo a vida real, mas, meu pai disse (como se prevendo minha concordância com a objeção dele), também essa ideia é um lugar-comum que não vale um verso. O mundo real é bem real: não se iluda. Não se iluda: meu pai repete muito essa frase, Beatriz. Outra frase que ele diz muito é: não se deslumbre, que eu até acho mais concreta. Não se iludir é difícil; nem sei se é saudável. Mas não se deslumbrar é um bom conselho, e às vezes eu gostaria de dizer à minha mãe, porque eu acho que ela está vivendo um certo deslumbramento com a nossa nova vida pós-loteria. Não sei. Talvez faça parte da crise dos quarenta e tantos, como ela disse uma vez, o momento em que você sonha que pode recomeçar — você não pode imaginar o que isso representa para a mulher numa cultura como a nossa, ela me disse, como se a culpa fosse minha por ela ter se mantido solitária depois do meu nascimento. Como poeta — assumindo que eu sou de fato um poeta, o que já começo a aceitar —, nunca sofri a angústia da influência dos outros poetas, de que a crítica fala tanto, como se se tratasse de alguma coisa real; o que eu sofro é a angústia da influência do meu pai. Não tenho medo da influência do Eliot, do Drummond, do Stevens, da Sylvia Plath, e nem dos grandões antigos; não tenho medo nem da influência do Ovídio, que meu pai tanto ama. Eu só sinto mesmo é a angústia da influência do meu pai; essa sim, é poderosa. O que influencia o poeta não é Shakespeare, Goethe, Homero — à distância, são apenas ilustrações, temas, curiosidades, estímulos e referências. O que influencia de fato é o vizinho, o pai, a mãe, os medos, os amigos, a memória das agressões, o desajeito do sexo, a professora. Desculpe, Beatriz. Isso virou um confessionário pessoal demais, e estou me sentindo como alguém que se desmonta em público. Me vem à cabeça a imagem dos mágicos de palco, depois de sete estocadas dramáticas perfurando a caixa colorida onde alguém se escondeu: ele abre a caixa tábua por tábua e não encontra mais ninguém ali. É que eu sinto que se há uma pessoa no mundo com quem eu poderia partilhar essas palavras, essa pessoa é você. A única. E eu percebi agora, atrás da máscara, só pelo olhar, o seu interesse; parece que alguma coisa que eu disse agora despertou alguma coisa em você, um ponto de interesse, uma pequena liga de identidade. O que seria? Tenho pensado nisso, criticamente: afinal, Gabriel, pergunto para mim mesmo, por que Beatriz se interessaria por mim? O que eu tenho de interessante? Pensei em fazer uma lista ao contrário, não de minhas qualidades, mas de meus defeitos, uma lista simples de defeitos, para já descartar o pior de saída. Por exemplo: eu não gosto de animais domésticos, nunca teria um gato ou um cachorro, e já me disseram na cara que isso é um defeito de caráter, o que me preocupa mais do que os próprios cachorros. Talvez seja apenas influência de dona Gabriela, que é alérgica, e portanto jamais convivi com bichos na infância. Não sei se você — tudo bem, Beatriz, você já está saindo. Aliás, você trabalhou bastante hoje. Se não se importar, eu gostaria de caminhar com você, acompanhá-la até sua casa e poderíamos conver... — sei, sei, você quer ficar sozinha, claro, entendo, entendo, fique tranquila, sei perfeitamente o que é o desejo de ficar só. Claro, claro, e você ainda precisa passar no supermercado, porque tem sua vida prática para tocar. Não, não vou me magoar, jamais me magoaria com — cuidado, Beatriz! Tropeçou!? Esse piso de pedras é bonitinho, mas traiçoeiro. Sim, ao se levantar, você deu um mau jeito na — machucou-se? Está tudo bem mesmo? Sim, não foi nada, que bom. De nada, Beatriz. Fiz apenas o que um cavalheiro deve fazer, segundo os bons livros: impedir a queda das damas! Brincadeira minha. Uma boa caminhada, Beatriz. Eu vou ler mais um pouco ainda. Até mais.

Os jovens não se satisfazem com uma só mulher. Eles querem todas as mulheres que veem, e julgam sempre que as merecem — o amor dos homens nunca é estável. E eles gostam de cantar vantagem aos quatro ventos; conquistas são estandartes masculinos. Por essa razão, muitas mulheres preferem os frades, que comem as mulheres e ficam quietinhos. Beatriz relembrou o conto do *Decamerão* com uma risada, olhando o teto. Boccaccio colocou estas falas na boca de uma mulher, Pampineia. E nesse momento ela não julga conforme a moldura moralizante do tempo; apenas observa. Não, decididamente não é este o caso do Gabriel, pelo menos não ainda (e ela tentou imaginá-lo daqui a vinte anos, ela nos sessenta, ele nos quarenta e cinco, um puro cálculo aritmético, como se a permanência duradoura fosse a variável absoluta de qualquer relação amorosa; ao modo de um bom eletrodoméstico, o amor é um produto feito para durar — mas eu nunca fui assim, *você é líquida*, uma vez alguém lhe disse, entre a condenação e a admiração, pessoas líquidas escapam como peixes das mãos alheias, são organicamente ariscas, nasceram para viver sozinhas, enquanto outras têm um cabresto emocional irresistível que as arrasta sem piedade pela vida inteira); mas talvez seja o caso de Xaveste, o conquistador — aquela sobranceria divertida dele, o humor mais solto, direto e seguro. O espírito da segurança: ele simula entrega — Beatriz fantasiou —, mas mantém distância e poder. A alma do toureiro: dá as costas ao touro, aristocrata suicida, para melhor matá-lo — a elegância é mortal. Ao mesmo tempo, resta alguma coisa muito discretamente feminina nele, não sei o que é, que não se encontra no Gabriel. As touradas foram praticamente banidas da Catalunha, Filip contou, alisando Gaudí, que olhava para Beatriz com os olhinhos apertados. Praças de touros representam uma espécie de crise moral espanhola ao vivo: a modernidade não pode se reduzir apenas à sofisticação tecnológica e ao dinheiro da União Europeia. É preciso implantar igualmente uma sofisticação moral, sempre intangível como um unicórnio. Como lembra a boa sociologia (nesses momentos, flashes de um clipe acadêmico, Xaveste ficava sério, o professor severo assomando no meio do humor), a civilização nascente das ruínas da Idade Média não estava no requinte artesanal dos astrolábios ou relógios, nem em reaprender a perspectiva ou a clássica geometria das colunas; estava em usar talheres, em não falar alto e em não mijar no chão, *no pixes a terra!*, diria um catalão; o crescimento da Alt-Right contemporânea é em boa medida a nostalgia da elite de cuspir e mijar no chão, a estupidez física acompanha a mental, e o decalque acadêmico desmontou-se no riso, que Beatriz acompanhou. Mas voltando às touradas: o nosso coliseu, El Monumental, é uma bela relíquia. Quando você vier a Barcelona, eu levo você lá. Sempre tem shows musicais, ou apresentações circenses. Adoro circo!, deixou escapar feito criança, ele mesmo admirado do que disse. Não se distraia, Beatriz, e ela se distraiu olhando pela janela: uma manhã sombria, prometendo chuva. Nesta seca, chover torrencialmente seria ótimo, ela pensou, num esforço de não pensar no Café — hoje não vou, decidiu, e em algum lugar de sua cabeça alojou-se a ideia da chuva como impedimento. Vou trabalhar aqui, e olhou para o notebook aberto, como quem se explica a alguém. Nove e meia e nenhuma linha escrita ainda, a última frase traduzida ontem no Café prossegue inacabada na página exatamente no ponto em que ela fechou o computador e ergueu-se abrupta, tropeçando em seguida, *o aspecto central da fantasia identitária contemporânea e*. O estado de ansiedade, ou a leveza da ansiedade permanente, ela imaginou a metáfora absurda, sob a pandemia estamos sempre meio que flutuando na suspensão do tempo, uma bolha de ar no peito. Seria muito bom conversar mais com as pessoas, mesmo que apenas na telinha; vou aceitar o convite para a reunião das colegas de letras, ela se determina, solidária, altruísta, pragmática, vai me fazer bem — ao mesmo tempo, resiste à ideia já com um início de pânico pela decisão a ser tomada, como se não quisesse romper a imobilidade confortável de ficar sozinha, a gente se acostuma com tudo na vida, dizia-lhe Donetti com o fatalismo de um velho senhor que jamais se acostumou com nada na vida. Este é o despertar da depressão, Beatriz. Basta um comprimido, disse--lhe o professor de química, os dedos segurando uma bolinha imaginária no ar, que a catedral metafísica se desfaz, e ela achou engraçado o jeito dele, o humor involuntário, porque falava a sério. Gabriel avançou instantâneo, como se já previsse a queda antes de ela se erguer, e segurou-lhe a mão com uma prontidão e uma força desproporcionais ao perigo, que era nenhum: um pequeno tropeço ao virar-se e bater no pé da mesinha, na misteriosa agonia de sair o quanto antes dali. Sentiu a mão direita dele na sua, calorosa, quase um cumprimento, enquanto a esquerda segurava seu ombro, como a manter-lhe o prumo vertical, não caia, Beatriz!, e fez uma brincadeira ambígua, proteger a queda das damas, ele disse, e ela prosseguiu até a janela, não, de fato ainda não vai chover. A mão quente dele, segurando firme o seu pulso por três segundos; a gentileza algo absurda, dirigida a alguém tão distante, fria e má como ela; e o afastamento imediato de um passo assim que a viu segura, que ela não pensasse (Beatriz podia ler a ansiedade da ideia nos olhos dele) do gesto de segurá-la mais do que exatamente era, apenas um cuidado gentil por alguém que tropeça. Assédio: a mulher como vitrine. Quebre o vidro — disse-lhe Xaveste, brincando, ao explicar alguns detalhes do capítulo sobre a absoluta predominância universal patriarcal em centenas ou milhares de culturas tribais ou nacionais em todo espaço e tempo históricos e pré-históricos da Terra. As exceções até aqui representam curiosidades antropológicas pontuais e irrelevantes, ao modo de pequenas mutações da espécie. Li um texto maravilhoso do Yuval Harari a respeito, contou Xaveste, que eu comento de passagem ao final, no capítulo 20. Está na bibliografia — leia, que é muito bom. Essa misteriosa fronteira entre biologia e cultura. Não é a minha área, Beatriz, ele acrescentou, cauteloso —, faço apenas algumas referências, obviamente antes bibliográficas que conclusivas, em torno das hipóteses da raiz biológica do patriarcado (por exemplo, pelos imperativos prático-sociais inescapáveis da determinação da gravidez em tempos muito mais brutos que o nosso), e as de raiz cultural, ou mesmo da fusão ou alternância entre elas e mitologias subsequentes, e Beatriz imediatamente se lembrou da expulsão do paraíso, a imagem que Gabriel usou quase sem pensar: expulsos do paraíso, fomos entregues para sempre à insídia da linguagem, era algo assim que ele disse de passagem, uma metáfora solta. Pela linguagem, despregamo-nos da biologia para todo o sempre e entramos em luta contra ela, uma guerra sem retorno. Foi isso que o poeta quis dizer, oráculo de algo que ele também não sabe? — e Beatriz voltou a conferir as nuvens. Agora as coisas são o que dizemos que elas são, inclusive nós mesmos: é uma liberdade difícil. E mergulhou num surto de vergonha regressiva ao se lembrar da cena de alguns anos atrás, no balcão de um simpósio em São Paulo, preenchendo a ficha de inscrição — qual o seu gênero? E a coluna de opções abria com *homem cis*, *mulher cis*, e bateu-lhe o branco cego da ignorância: o que é isso? Que armadilha está aqui? A tradutora recém-premiada larga a caneta, disfarça, finge atender alguma mensagem do celular, *só um minutinho*, e procura na internet o significado da expressão, aquele *cis* é do latim? — a vergonha pesada, e agora lhe ocorreu que era o tempo que pesava, não a ignorância, era a sutil passagem do tempo, alguém que vai ficando para trás na violência da passagem do tempo, alguém que vai perdendo as referências ainda sem a desculpa da pandemia e do isolamento, as boias piscantes de coordenadas culturais no mar escuro, era menos a vergonha da ignorância e mais puramente a da velhice, e Chaves deu uma risada quando ela contou: você está ficando louca?! Você? Velha?! As nuvens se abrindo no céu, uma pequena faixa azul, e ouviu o *plim!* do celular. Dez e quinze já. Uma mensagem do vice-diretor Cândido, oferecendo uma minissérie francesa sobre um escroque político, Baron Noir, *parece o Brasil — quer o link para download? E precisamos fazer uma reunião amanhã às oito da manhã sobre a nova grade horária. Você pode?* Beatriz desligou o celular e voltou ao computador. Preciso trabalhar. *O aspecto central da fantasia identitária contemporânea e*

Bom dia, Beatriz! Quatro dias sem nos ver! Imaginei que não ia parar mais de chover, torcendo pelo sol todas as manhãs, mesmo nesta seca sem fim. Veja só a força do interesse pessoal contra o bem da humanidade. Cheguei a sonhar que você viria protegida por uma sombrinha azul que assomava na escada até revelar o seu rosto; você fecha a sombrinha, dá umas sacudidelas respingantes, e vai alegre até a mesa onde leio meu Kafka de sempre, para tomar um café comigo, como se não houvesse nem pandemia, nem máscaras, nem esse governo, nem pilhas de mortos — só você e o sol resplandecente. E, é claro, acordei. E então, Beatriz? Tudo bem com você? O pé já está bom? Que ótimo. Claro, não foi nada. Sim, só um tropeção, felizmente. Mas uma vez, por um tropeção desses que eu pensava que era nada, fiquei um mês engessado. O tornozelo inchou. Sempre fui uma criança estabanada, diz minha mãe, mas acho que aprendi com a experiência. Nunca mais quebrei ou torci nada de mim mesmo. E me transformei num adulto cuidadoso. É engraçado, mas lembro que ter um pé no gesso me dava um certo status na escola; aquilo me tornou alguém especial, admirado pelos coleguinhas, e eu me apoiava na pequena muleta com um ar compungido de mártir, frisando o esforço de cada passo adiante com o charme do sofrimento. O clássico centro de atenções, este elixir maravilhoso da vida. Começou ali o hábito de sempre levar um livro comigo e me isolar na leitura. O engraçado é que o esforço de compor um quadro de si mesmo acaba por criar uma nova realidade, que substitui a antiga. Foram os meus breves dias de fama, porque depois entrei numa obscuridade tranquila, uma timidez autossuficiente, e na luta para vencer minhas fraquezas, os sinais de dislexia, as crises de alheamento, as pequenas obsessões repetitivas, fui virando poeta, como diria o meu pai; um poeta distraído, acrescento eu. O resto é loteria, mas às vezes é preciso conduzir a sorte. É nisso que tenho pensado, Beatriz: a verdadeira sorte da minha vida foi você, não a loteria do meu pai. Sim, eu sei, não devemos abusar da sorte, e digo isso sem trocadilho — tenho pensado muito nisso. Quer dizer, tenho pensado muito em você, o tempo todo. Se eu não penso, falta ar — uma boia de segurança mental e afetiva, o que é misterioso, porque você, embora jamais ostensivamente hostil ou agressiva, não faz nada para estimular a minha fantasia amorosa, mantendo um silêncio atento, até gentil, recorrendo à paciência de dois ou três monossílabos, no máximo um suspiro de enfado seguido de um sorriso milimétrico para aqui e ali colocar as coisas nitidamente no lugar de modo a não me iludir, e no entanto eu insisto. É uma esgrima, uma luta para manter vivo o fiapo da atenção apenas pela força das palavras, porque eu não tenho muito mais para dar a você, exceto a segurança material da minha nova vida, o que obviamente é muito pouco para sustentar uma relação amorosa, e, além do mais, redundante para você. Ou ofensivo — você, é óbvio, não precisa disso. Eu quero voltar a esse ponto crucial, o que eu tenho a oferecer a você — deixo um parêntese aberto agora para fechar daqui a pouco. Antes pensei nas referências literárias do meu comportamento, o ridículo e o patético. O ridículo é a figura do Cândido, do Voltaire, o ingênuo absoluto ou o otimista patológico; nem um nem outro é o meu caso. Eu sei exatamente o que está acontecendo; nenhuma ingenuidade. E também não sou otimista; na verdade, sinceramente não acredito que eu vá conquistar você com armas tão pobres e parcas, a retórica simples dos meus versos ou o breve assédio matutino ao ar livre deste Café. Entretanto, mesmo contra a lógica, mantenho a esperança, um sentimento vital. Mas, é claro, até a esperança tem limite — eu sei disso. Chega um momento, todos agem assim, em que simplesmente trocamos uma esperança difícil por outra mais fácil, quando a primeira estoura o prazo de validade. Bem, os publicitários costumam dizer que ninguém perde dinheiro vendendo esperança. Mas não posso me distrair, Beatriz: vou deixar também esse segundo parêntese aberto, porque eu sinto que hoje é nosso último encontro nesses termos. Preciso de síntese, ou você me abandona antes do ponto-final que feche o círculo, o que seria terrível para a minha síndrome de incompletude. Me dê só mais alguns minutos, e então você volta tranquila, para sempre, ao seu trabalho. Ah, a segunda referência — bem lembrado, Beatriz: é o patético. O patético é o príncipe Míchkin, o idiota de Dostoiévski. A expressão da bondade sagrada, a pessoa inviável de tão boa, que sempre provoca um estrago por onde passa. Há um limite para a bondade. Também não é o meu caso. Sim, tenho alguns traços de sinceridade emocional compulsiva que às vezes me escapa, mas ela é sempre acompanhada de uma boa autocensura: eu sei o que se passa comigo, e resisto à ideia de que isso seja em si um problema. Não pode ser, ou estaríamos mais perdidos ainda. Enfim, eu preciso resolver minha paixão e fazê-la chegar a algum fim. Decidi que hoje é o último dia; acabou meu prazo. Ontem, lendo o *Decamerão*, encontrei o trecho de uma novela da Pampineia, uma novela crua, violenta, praticamente em carne viva, sobre a crueldade feminina e a crueldade masculina que, com alguma pretensão, achei que definia o que acontece comigo. Era mais ou menos assim: os homens que têm mais conhecimentos, que são mais profundos, são os que mais sofrem por amor. Não, a expressão exata era: são os mais maltratados pelo Amor, Amor assim, com inicial maiúscula, de acordo com a alegoria medieval. É como se entre nós dois houvesse um Cupido, um pequeno deus etéreo, diáfano, nos aproximando e nos afastando. Como se não fosse um problema nosso. Ou, no caso, um problema meu, mas dos deuses. Maltratado é uma boa palavra. Dei uma risada quando eu li: é um lugar-comum, uma ideia simples que parece verdadeira, e talvez seja: o excesso de sabedoria é incompatível com a pureza do Amor. Mas de modo algum é só uma questão masculina; certamente acontece o mesmo com você, que por excesso de consciência e de razão talvez sofra mais ainda os efeitos do Amor. Lembre-se de Orfeu: não olhe para trás, eu queria dizer a você, como se a voz do destino fosse eu. O que é, de fato, ao pé da letra, um conselho impossível: tire o passado, e sobra o vazio. Mas em algum momento é sempre preciso quebrar o tempo; no nosso caso, você tem de quebrar alguma coisa em você mesma para me ver. Sou o contrário de Eurídice: você tem de me ver para me dar a vida. E o que você verá? Volto à minha lista de defeitos, a honestidade do espelho. Primeiro, a inexperiência — perto de você, sou um jardim da infância. Você viveu o choque de perder uma família inteira, estável, integrada, feliz, em um segundo; é verdade que eu não tive pai, mas não vivi o choque de perdê-lo. Comigo aconteceu o contrário: vivi o choque de encontrar o que não tinha. Você foi casada, por dois ou três anos, e portanto sabe o que é viver oficialmente com alguém, todos os dias compartilhar o mesmo espaço com a mesma pessoa com quem se dorme. Depois viveu a separação voluntária, sem esperar a vida inteira para se decidir. (Como eu sei desses detalhes? Fomos vizinhos, lembra? E num prédio tudo se sabe, quando dona Gabriela é a informante. Mas não interprete mal: ela sempre gostou de você. Uma menina de valor, ela me disse quando contratou a professora Beatriz para me dar aulas. E muito inteligente, minha mãe sempre acrescentava. Ela é alguém que vai entender você.) Mais tarde, lembro que você teve um relacionamento próximo com Donetti, o escritor, que eu encontrava de vez em quando no prédio, na época em que eu fazia jornalismo. Eu até li um livro dele recentemente por uma espécie de curiosidade mórbida, um modo oblíquo de chegar perto da minha musa, e me perguntava sem entender: o que ela vê de tão interessante nesse realismo envelhecido, nessas filosofadas de almanaque, como se você tivesse um caso com um autor, e não com uma pessoa. Desculpe: era a inveja que falava por mim. Um crítico invejoso é sempre um perigo. Eu odiava Donetti. Uma vez fui ouvi-lo num evento no Paiol, você na primeira fila, embevecida pelo mestre, e eu saí vomitando. Ele tinha você, e isso magoava o pós-adolescente. Você achou engraçado? Posso me sentar, Beatriz? É só um minutinho. Mantendo o distanciamento social sanitário regulamentar, não se preocupe. Dois metros, máscara, álcool gel, nenhum toque: tudo de acordo com o protocolo. Obrigado, Beatriz. Obrigado. Você quer pedir um outro café? Não, tudo bem. Deixa eu ver que horas são. Preciso só de mais quinze minutinhos e você volta ao Xaveste — veja, agora estou usando este relógio de bolso que eu herdei do meu avô, pai de dona Gabriela. É bonito, não? Hoje me deu desejo de usar esse relógio, para tornar concreta a memória sentimental. É engraçado: parece que sofremos de saudosismo de épocas que nunca vivemos. Meu avô? Ele morreu de câncer quando eu tinha dez anos. Era uma figura simpática e transgressora, afetivamente sedutor. O tipo do avô que em segredo te dá o chocolate que a mãe proibiu. Uma vez, antes de eu ter nascido, chegou a ser preso por alguma razão misteriosa que dona Gabriela jamais revela em detalhes. Afinal, é o pai dela. Um dia vou descobrir. Alguma coisa ligada a — tudo bem, tudo bem, desculpe. Retomando o fio, Beatriz. Não me distraio mais, prometo. Pois bem, depois de Donetti, você desapareceu do prédio por um ou dois anos, e me ficou na cabeça um entreouvido de elevador: "Ela casou e foi pra São Paulo", o que de certa forma me pacificou. A velha história: o que não se vê, não se sente. Além do mais, o amante nunca tem ciúme do cônjuge abstrato da amada, que ele não vê; é um outro amante que ele teme. Na minha cabeça, longe, você se manteve o tempo todo protegida à margem como uma reserva sentimental. Um dia eu reencontro Beatriz, eu pensava. O meu maior medo era que você vendesse o apartamento e nunca mais voltasse. Mas você voltou, e aparentemente sozinha, o que parecia dar razão ao sonho. Por que estou fazendo esse relatório? Não é relatório: é um pequeno inventário de experiências existenciais da Beatriz que eu organizei para mim mesmo de modo a contrapor o que eu posso acrescentar a você. É quase nada. A sua rica biografia assinala a pobreza da minha, porque a pergunta que me faço para justificar minha paixão é: o que eu tenho a oferecer à Beatriz, além do puro sentimento? Por que alguém entregaria a metade de sua vida — às vezes a vida inteira — a outra pessoa? Pelo engenho de dois ou três versos? Engenho e arte, por si sós, não fazem poesia, e têm o encantamento efêmero de uma pequena charada que se esgota nela mesma. Na verdade, nem é charada: tenho plena consciência de que falta obscuridade à minha poesia, falta entrar naquela floresta fascinante em que nada se vê de tão escuro: é isso que queremos da poesia. Dizer o obscuro, como aquela austríaca, a — esqueci o nome. Sim, comecei minhas lições de alemão, atendendo meu pai. A professora? A Verena, de Stuttgart, que veio ao Brasil a convite do Instituto Goethe e acabou ficando em Curitiba. Você conhece? Muito boa. A pedido meu, começamos diretamente com Heine, que meu pai diz ser o verdadeiro arquétipo do poeta, em todos os sentidos, e me interessei no mesmo instante. Voltando à obscuridade: quando escrevo, sou nítido demais, e no mundo não há nitidez em nada. Desculpe o símile simplório, mas o poeta amadurece como a catarata nos olhos, que vai nos nublando com a idade. Sinto que você, educadamente, não concorda; posso ver o sorriso discordante atrás da máscara, que chega aos olhos como o círculo de um lago. Tudo bem — o tema renderia uma conversa comprida, mas, é claríssimo, não tenho ilusão: ninguém deseja alguém para viver só com a finalidade de discutir poesia. É preciso mais. Posso argumentar que minha poesia tem problemas, mas não meu sentimento — ele é puro como o do príncipe Míchkin; mas quem se casaria com um idiota? Então, escapo pela tangente física: ela me escolherá pela pura juventude, a pele firme, um coração novo? Não ria, mas minha mãe diz que eu sou bonito — é uma boa razão para viver comigo? Ou pela mecânica do sexo, simplesmente, sem nenhum biombo decorativo? E aí volto à minha lista de defeitos, que é implacável, porque não quero mentir: não tenho certeza de que sou, de fato, um bom animal sexual. Talvez apenas em potência, como diria o filósofo. Desculpe, Beatriz: vai aqui uma confissão entre adultos, com a simplicidade popular: não sei se sou bom de cama, é provável que não, e sei o quanto essa qualidade desde sempre é silenciosa ou escancaradamente prezada por todo mundo: homens cis, mulheres cis, pessoas trans, não binárias etc., qualquer possibilidade no gigantesco e colorido leque das identidades mutantes. Parece que ser bom de cama abre todas as portas e supera universalmente, desde sempre, todas as diferenças e preconceitos. O problema comigo é que tenho muito pouca experiência, e algumas traumáticas. Cheguei até, adolescente, a pagar por uma mulher, e ao desastre físico se somou o moral, e a depressão moral, ou a ressaca moral, pegajosa, é muito ruim, é devastadora. A própria moça que eu paguei não entendeu, decepcionada: você não vai me telefonar de novo?! Mais tarde, vivi um ou outro momento sublime, que me deram a dimensão do que o sexo pode ser, mas foram instantes tão cruelmente rápidos! Um rasgo de Deus entre nuvens! Iluminações fulgurantes que desaparecem em segundos! E o que restava nos braços, ao acordar? Sempre uma pessoa estranha. Mas sei que o sexo, como a poesia, é um problema apenas mental, e portanto tem solução, como as equações. Não vou dizer que você é a minha solução, o que seria um egoísmo absurdo; o meu sonho é que sejamos, você e eu, uma solução mútua. Imagino que o amor deve ser, antes de tudo, alguma coisa útil e prática, ou não haveria no mundo milhões de pessoas abraçadas a milhões de pessoas em toda parte a todo instante. Chego a fazer pequenos cálculos mesquinhos a meu favor, com a lógica do avarento: um dia Beatriz sentirá a compulsão de traduzir poesia, porque ela tem alma de escritora, e nesse momento precisará de alguém como eu ao seu lado. Ou então: sinto que Beatriz tem tanta dificuldade de relação social quanto eu, e juntos poderemos nos proteger. Imaginei que você não gosta de cozinhar (só porque em uma das vezes em que fui ao seu prédio vi um motoqueiro entregando ao zelador uma marmita do Beef's para a dona Beatriz) e no mesmo instante planejei fazer um curso de gastronomia só para preencher esse seu espaço caseiro vazio e cozinhar para você. São cálculos interessantes, *wishful thinkings*, mais desejo que razão, eu sei, puros remendos argumentativos, ridículos mas funcionais, porque nada mais de relevante ocupa de fato a minha vida, exceto você. Por favor, Beatriz: mais um minuto só. Eu sei que — por favor: é meu último dia. Falta pouco. Não pense na forma do que está acontecendo aqui — eu sei que sou um desastre. Apenas sinta. Não se levante ainda. Não quero estragar a sua manhã de trabalho; você nem começou ainda. Tudo bem: fechando o círculo. Prometo. Hoje — eu vi que você não tem aula online à tarde na grade da Usina —, hoje exatamente às quinze horas vou deixar meu último poema debaixo de sua porta. Não quero entregar agora porque falta um pequeno detalhe que está me incomodando, a dúvida entre o rigor da forma e a beleza da expressão, como se uma coisa conspirasse contra a outra. Você já viveu essa dúvida ao ler um verso? Quando o metro exato mata a expressão, e a expressão exata mata o metro — a poesia se equilibra exatamente aí. Tudo bem, Beatriz, já estou divagando; concluo rapidamente. Vou fechar nossos encontros com um pequeno ritual, um toque de teatro, a última peça de um jogo afetivo: às dezessete horas, duas horas depois de você ler o poema, exatamente às cinco em ponto da tarde, vou apertar a campainha de sua porta, três vezes, em intervalos de dois minutos, como no clássico sinal do palco antes de se abrirem as cortinas. Obviamente — sou poeta, mas sou realista — você vai ignorar o chamado, porque na vida real não existem deuses *ex machina* que nos salvam, o que vou entender em definitivo como um fechamento do círculo deste momento da minha vida. Eu preciso desse arremate. Por favor, não, não, não se preocupe, Beatriz: não sou nenhum Werther. Tenho uma obra incompleta a realizar e não tenho nem certeza se sou de fato um romântico — provavelmente meu caso se encaixa mais no capítulo da neurologia que da história literária. Fique tranquila: diante do seu silêncio (posso até sentir por antecipação você imóvel na sala, suspendendo aflita a respiração diante dos três toques da campainha, à espera de que eu me vá), vou abdicar de você e descer lentamente pela escadaria, aquela espiral quadrada em direção ao chão, até suprimir por completo a sua presença da minha vida e chegar à rua vazio e renascido. Por favor, não se preocupe: não planejo nenhuma tragédia — isso não é de modo algum uma sinistra vingança pessoal, uma chantagem mesquinha das emoções; é apenas o fechamento do círculo. Não vai acontecer nada: simplesmente eu vou embora para nunca mais. É um fim prosaico: com certeza, vou encontrar outra mulher, que é o que todos os poetas fazem regularmente, e talvez transforme Beatriz em tema poético para o resto da vida, o talismã emocional que move a arte, o que significa que você continuará comigo. O frágil fio da esperança que vai se esgotar às cinco da tarde é este: se ela vai continuar comigo para sempre, por que não pessoalmente? Não, por favor não diga nada agora — já estou me afastando. Um último detalhe, nas minhas mãos, veja: teste RT-PCR negativo para covid-19, que peguei hoje cedo — eu não entraria na sua casa (se eu tiver essa sorte) sem ele. E de você, eu nada temo. Quase uma euforia da alforria, como se eu já estivesse vacinado. Hoje nem vou tomar meu café nem ler meu Kafka. Adeus, Beatriz.

A voz de Vênus

Ovídio ofendeu César e pagou por isso:
exílio perpétuo em Tomos, entre bárbaros e silêncio,
onde literalmente morreu de saudades de sua Roma,
a venerada, à qual jamais voltou.
Sobrou-lhe a estéril arte de amar e a vida que não teve.

Poeta menor à margem do Alto da Glória,
por trapaça dos íncubos de fúria estúpida
e da peste inclemente entre máscaras de pânico
feri a alma da minha formosíssima Musa,
que, em conluio com Afrodite, me escravizou
às labaredas frias de um silêncio ardente.

Nenhuma palavra: a morte do poeta.

É para sempre? — me pergunto, anão de Ovídio,
interrogando o paraíso inexistente
que palavra alguma dirá aos meus olhos cegos.

Se o próprio Ovídio ajoelhou-se inútil ante César, mero tirano,
que posso fazer eu, breve nada, para ouvir a voz e o sim de Vênus?

Faltando um minuto para as três horas — e a primeira ideia de Beatriz foi ajustar o relógio de parede da cozinha, certamente um minuto atrasado —, ela ouviu o ruído inconfundível de um papel passando por debaixo da porta da sala, mas não correu para lá (imóvel, à escuta, ela sentiu o coração bater um pouco mais agitado, ou talvez a impressão fosse apenas a ansiedade por um dia sem trabalho, nenhuma linha escrita). Antes serviu-se de um café, sentindo o amargo — o café ficou mais forte hoje. Ponha um docinho na vida, dizia-lhe uma velha amiga como um bordão, e elas sempre riam, crianças. Uma tomada de decisão, Beatriz pensou, voltando ao instante presente, que parece transcender as pessoas — alguma coisa precisa mudar. Mas era ilusão que a mudança vai além ou independe das pessoas: Gabriel já está fazendo parte da minha vida mental, ele conseguiu me invadir, e ela tentou observar esse fato com frieza, dando mais um gole do café. Qual o significado do que estou vivendo neste momento? O silêncio não é uma negação; é apenas um pedido secreto de tempo — talvez seja isso mesmo, como se eu pensasse como ele, como se fizesse parte do jogo, cujas regras vão se criando dia a dia. Por associação de imagens — o papel do provável poema (ou será apenas o zelador distribuindo uma circular do condomínio?, e sua alma gelou com um sorriso, que ideia estúpida) que, da cozinha, ela ainda não viu sob a porta, e o papel que ele aflito tirou do bolso e exibiu ao se despedir como se brandisse um selo real, eis meu exame, a ciência não mente, e entre eles a observação de Xaveste sobre uma cena de *A montanha mágica*: o personagem apaixonado pelo raio X do pulmão de uma tísica, o negativo abstrato à cabeceira; hoje seria o teste negativo de Covid-19, e ao contar ele riu alto a ponto de expulsar Gaudí de seus braços, porque precisava gesticular na estreiteza da telinha: estamos presos na montanha mágica, mas logo teremos passaportes de imunidade, mais importantes que os da União Europeia, valerão uma fortuna no câmbio negro, e então você virá à Espanha me visitar, ele acrescentou com uma alegria infantil, o estalo que transforma a vida segundo o desejo, sair do Brasil, eu quero sair do Brasil, eu quero desaparecer do Brasil, um país assim não pode ser o meu, mas como posso abandonar minha linguagem?! — e Beatriz se viu numa cena de filme voando a dez mil metros de altura, imóvel sobre uma planície tranquila de nuvens, com Gabriel ressonando ao seu lado, Kafka ao colo, na testa a mecha indócil de cabelo, exatamente como a de Xaveste; no último gole de café, os dois homens já pareciam indiscerníveis. Quer dizer, um sem máscara, à distância, outro com máscara, próximo — eu ainda não vi o rosto inteiro de Gabriel, e como se isso fosse alguma senha liberadora ela depositou a xícara no balcão e foi para a sala com o projeto de avançar direto à janela, para abri-la e conferir o tempo, mas no caminho desviou-se para o corredor de dois passos que dava à porta de saída, debaixo da qual de fato estava o papel, um retângulo incompleto à vista. Meu ouvido continua bom, ela pensou; abaixou-se para pegar o papel, apenas dobrado em dois dessa vez, e assim como estava levou-o até o sofá, onde se sentou e olhou o teto, seu limite. Enfim desdobrou a folha. Desta vez o poema veio sem nenhuma dedicatória ou assinatura. Tentando não julgar, leu os versos devagar, em voz alta, buscando a pura sonoridade. A voz de Vênus — e ela sorriu: isso é engraçado. Ele é completamente louco. Mas é de mau gosto? Não sei ainda. É que sou parte interessada; não posso concluir; suspenda o julgamento, Beatriz. Esticou as pernas para a mesinha e puxou a barra da saia, para se ver: meu Deus, como estou branca. Não se distraia, menina. Voltou ao poema, procurando a ironia da forma, o falso ditirambo, a retórica revisitada, o humor enviesado (*anão de Ovídio*, e ela deu uma risada) — mas onde eu estou aqui? Isso é uma ode a ele mesmo, e musas não existem. Não se distraia, Beatriz. Detenha-se com simplicidade no que está diante de você. Lembre-se de que a generosidade é uma ética, não um cálculo — mas eu nunca consegui passar essa fronteira, tudo é cálculo para mim. Leia de novo, Beatriz. A voz de Vênus. Eu trocaria esse título, uma aliteração óbvia, simplória. Ovídio e César, Gabriel e Beatriz — ele não deixa por menos, e ela esboçou outro sorriso defensivo, lendo mais uma vez. Estéril arte de amar, a vida que não teve: aqui ele fala sério, mas é a história de Ovídio que sustenta a imagem. É prosa. A primeira estrofe é pura prosa compassada, ritmo sem metro. Ele quer impacto retórico, e consegue. A segunda estrofe é fraca, adjetivos demais. Estúpida, inclemente, formosíssima. Máscaras de pânico é francamente ruim, brega, e a mão de Beatriz buscou uma caneta imaginária para riscar a expressão. Tire isso daqui — dá a impressão de que ele apenas encaixou um verso para adequar o poema à pandemia. Apenas trapaça dos íncubos resolvia, um verso que é uma cambalhota. Labareda fria, silêncio ardente — um cultismo requentado. Hmm. Não sei. Uma afetação de estilo. Não precisava. É para sempre? Agora sim, ele enfim está falando comigo, já sem poesia. E é para sempre? — e Beatriz novamente olhou o teto. O teto é o limite. Isso sim, é um trocadilho ruim, e ela voltou severa ao poema. Mero tirano é ótimo; breve nada também. É ironia, mas dá para sentir nela alguma fragilidade verdadeira, ela pensou. Releu o poema mais uma vez, agora em silêncio, e ainda uma vez, já dispersiva, em cada verso a cabeça um lance adiante no tempo, e do nada veio a imagem de Heine, e no mesmo instante a figura de Verena, a professora de alemão, sim, eu me lembro dela. Então ela ficou em Curitiba? Estará com quantos anos hoje? Ela era um pouco mais nova que eu, e Beatriz esboçou uma conta de idade na ponta dos dedos, desistindo em seguida. Dobrou o papel, colocou-o na mesinha e o ajustou caprichosamente em paralelo com as linhas decorativas da madeira, como quem encaixa uma peça de quebra-cabeça; em seguida, olhou pela janela, sem pensar em nada. Acho que vou tomar um banho, decidiu, e levantou-se, num surto de animação — a gente fica relaxada nessa pandemia, sem ver ninguém. Faltando um minuto para as cinco horas — de banho tomado, preparada, o vestido novo azul, que julgou elegante ao espelho, de frente e de perfil, e ela conferiu do sofá o relógio da cozinha, como a testar o jogo —, ouviu no mesmo instante a campainha tocar. Esperou o segundo toque, que veio exatos dois minutos depois, e imaginou esperar o terceiro e último toque, mas ergueu-se antes. Isso não vai dar certo, pensou, avançando para abrir a porta.

© Cristovão Tezza, 2022

Todos os direitos desta edição reservados à Todavia.

Grafia atualizada segundo o Acordo Ortográfico da Língua Portuguesa de 1990, que entrou em vigor no Brasil em 2009.

capa
Bloco Gráfico
ilustração de capa
Nathalia Navarro
composição
Jussara Fino
preparação
Leny Cordeiro
revisão
Jane Pessoa
Gabriela Rocha

Dados Internacionais de Catalogação na Publicação (CIP)

Tezza, Cristovão (1952-)
 Beatriz e o poeta / Cristovão Tezza. — 1. ed. — São Paulo : Todavia, 2022.

 ISBN 978-65-5692-277-5

 1. Literatura brasileira. 2. Romance. 3. Ficção brasileira. I. Título.

CDD B869.3

Índice para catálogo sistemático:
1. Literatura brasileira : Romance B869.3

Bruna Heller — Bibliotecária — CRB 10/2348

todavia
Rua Luís Anhaia, 44
05433.020 São Paulo SP
T. 55 11. 3094 0500
www.todavialivros.com.br

fonte
Register*
papel
Pólen soft 80 g/m²
impressão
Geográfica